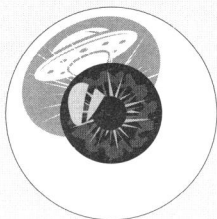

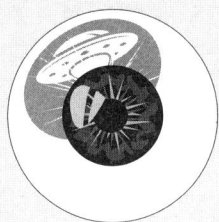

科幻文学
群星榜

华语实力科幻作品
群星奖大满贯

Sci-Fi

人人都爱查尔斯

宝树——著

山东教育出版社

图书在版编目（CIP）数据

人人都爱查尔斯 / 宝树著 . — 济南：山东教育出

版社 , 2021.8（2021.9 重印）

（科幻文学群星榜）

ISBN 978-7-5701-0497-0

Ⅰ . ①人… Ⅱ . ①宝… Ⅲ . ①幻想小说－中国－当代

Ⅳ . ① I247.5

中国版本图书馆 CIP 数据核字（2021）第 118520 号

RENREN DOU AI CHAERSI

人人都爱查尔斯   宝 树 著

主管单位：山东出版传媒股份有限公司

出版发行：山东教育出版社

        地址：济南市市中区二环南路 2066 号 4 区 1 号　邮编：250003

        电话：（0531）82092600　　　网址：www.sjs.com.cn

印　　刷：三河市冠宏印刷装订有限公司

版　　次：2021 年 8 月第 1 版

印　　次：2021 年 9 月第 2 次印刷

开　　本：880 mm×1300 mm　1/32

印　　张：7.5

印　　数：10001–13000

字　　数：176 千

定　　价：29.80 元

《科幻文学群星榜》编委会

总 序

想象新时代

　　《科幻文学群星榜》是由中国科普作家协会科幻专业委员会联合其他科幻组织，共同推出的一套科幻书系。这是一个规模庞大的工程，目前来看也是独一无二的工程，基本囊括了中华人民共和国成立以来老中青几代具有代表性的科幻作家的佳作。这些作家以年龄看，最早的是20世纪20年代出生的，最晚的是"90后"。

　　这套书系的出版，恰逢中华民族实现第一个百年目标——全面建成小康社会。因此，它呈现了百年未有之变局中，中国人对一个崭新时代的想象。随后陆续推出的作品，还将伴随中国迈进基本实现现代化的伟大进程。

　　科幻文学作为一种年轻的文学品类，本身就是现代化的产物。1818年，世界上第一部科幻小说《弗兰肯斯坦》诞生在第一个实现产业革命的国家——英国。此后科幻文学在法国、美国、日本等工业化国家繁荣起来，进入蓬勃发展的黄金时代。科幻作品反映着科技时代人类社会的变迁和走向，反思当代人类面临的多重困境，力图打破所谓世界末日的预言，最终描绘出一个五彩斑斓、生机勃勃的新未来。

　　如今，地球上正在发生的最具"科幻色彩"的事件之一，便是中国的崛起。这个进程不仅改变了这个文明古国的命运，也影响着全人类的走向。中国奇迹般地成了拉动世界经济增长的有力引擎。人类历史上首次十亿以上人口的国家将要集体迈入现代化的门槛。中国科幻文学正是中华民族伟大复兴进程的见证者、参与者与推动者。

早在20世纪初，中国的一些有识之士便把科幻作品译介进来，掀起了第一次科幻热潮。它承载起"导中国人群以行进""改变中国人的梦"的使命。20世纪50-60年代，随着中国自己的工业和科技体系的建立，科幻作家们以满腔热情擘画了一个欣欣向荣的新世界。1978年改革开放后，中国再次向现代化进军，科幻迎来新的勃兴。作家们满怀豪情地书写科学技术为实现现代化、为谋求人民的幸福生活所创造出的神奇美景。进入21世纪，尤其是随着新时代的来临，这个文学门类也进入成长的新阶段。随着《三体》等作品的问世，中国科幻迎来了新一轮热潮。作家们描绘着古老的中华民族在实现全面小康和建成现代化强国的过程中所面临的新机遇、新挑战，谱写着中国走向世界、步入太阳系舞台中央并参与宇宙演化的新篇章。

科幻文学的发展折射着中国国运的巨大变迁。当今，海内外不同领域的人们对中国的科幻文学的空前关注，实际上是关注中国的未来，关注世界第二大经济体将如何持续演进，关注14亿人的创造力将怎样影响乃至重塑这个星球。从现实意义上来说，这套书系不但包含这些丰厚的信息，而且集中梳理了新中国科幻文学取得的辉煌成就，整理出新中国科幻文学发展的宽阔脉络；从一个特殊的侧面，还反映了中华民族从站起来、富起来到强起来的进程，见证中国走向更加灿烂辉煌的未来。

这套书系具有以下三个特点：

一是权威性。它由中国科普作家协会科幻专业委员会主持编选，并与国内多个科幻组织合作，其中包括得到了中国科普作家协会科学文艺专业委员会、科幻世界杂志社、南方科技大学科学与人类想象力研究中心、未来事务管理局、八光分文化、重庆钓鱼城科幻中心等的鼎力相助。编者从中华人民共和国成立以来的海量科幻文学作品中，精选出足以体现时代特征的作品。收入书系的作者，涵盖了雨果奖、银河奖、星云奖、晨星奖、光年奖、未来科幻大师奖、引力奖、水滴奖、冷湖奖、原石奖、坐标奖、星空奖等中外各类科幻大奖的获得者。

二是系统性。它收集了中华人民共和国成立以来不同时期作家的代表作。作者中有新中国科幻奠基者和老一代作家如郑文光、童恩正、萧建亨、刘兴诗、潘家铮、金涛、程嘉梓、张静等，也有改革开放后崛起的新生代作家刘慈欣、王晋康、何夕、韩松、星河、杨鹏、杨平、刘维佳、赵海虹、凌晨、潘海天、万象峰年等，以及以"80后"为主体的更新代作家陈楸帆、飞氘、江波、迟卉、宝树、张冉、程婧波、罗隆翔、七月、长铗、梁清散、拉拉、陈茜等，还有在21世纪崛起的全新代作家杨晚晴、刘洋、双翅目、石黑曜、王诺诺、孙望路、滕野、阿缺、顾适等，从而构成比较完整而连续的新中国科幻光谱，是对中国科幻文学发展历史的一次系统检阅。

三是丰富性。它比较全面地展现了广域时空中新中国的科幻生态和创作风格。这里面既有科普型的，也有偏重文学意象的；既有以自然科学为主体的核心科幻，也有侧重社会现象的"软"科幻；既有代表科幻未来主义的，也有反映科幻现实主义的；既有传统风格的写法，也有实验性质的探索。作品的主题涵盖了中国科技、社会、文化和民生的热点。从中可以看到，一个曾经积弱的民族，如今正活跃在地球内外、大洋上下、宇宙太空、虚拟世界、纳米单元、时间航线、大脑意识等各个空间。这里有中国政府和人民引领抗击全球灾难的描述，有脱贫的中国农民以新姿态迈出太阳系的故事，也有星际飞船和机器人在银河系中奏唱国际歌的传奇。

这套书系力求构建起一个灿烂的星空，并以此映射人们敏感而多样的心灵。爱因斯坦说，想象力比知识更重要。科幻是相伴人类发展进步而产生的新兴事物，是一个民族想象力的集中反映，是科技创新的艺术表达，在人们面前呈现出一幅幅奔向明天、憧憬和创建未来的美好画卷。许许多多杰出的科学家、工程师和企业家，在年轻时就受到科幻文学的熏陶和影响，因此走上了创造神奇新世界的道路。中国正在稳步建设创新型国家，需要更多富有创造力的人才脱颖而出。科幻文学也肩负着实现中国梦的责任，在点燃青少年科学梦想、激发民族想象力和创造力方面，起着不可或缺的作用。

这套书系将为广大读者尤其是年轻人打开中国科幻和未来世界的门户，有助于人们拓宽视野、开阔思想、激发灵感、探索未知、明达见识。它也将进一步促进中外科幻、科技、文化和文明的交流，为人类的共同发展做出中国的一份独特贡献。

中国科普作家协会科幻专业委员会

2020年10月1日

我曾到过那里①

Sondern die Nächte! Sondern die hohen, des Sommers,

Nächte, sondern die Sterne, die Sterne der Erde.

O einst tot sein und sie wissen unendlich,

alle die Sterne: denn wie, wie, wie sie vergessen!

——Rainer M. Rilke *die siebente duineser elegien*

而且还有夜！还有夏天那高高的夜空；

还有星星，大地上的星星。

哦，先要死去，方能无尽地了解它们，

所有的星星：因为如何、如何、如何能忘却它们！

——里尔克《杜伊诺哀歌之七》

---

① 本文原是2012年为第一部个人选集《古老的地球之歌》所写的后记，回顾了笔者和科幻结缘的前因后果。因年深日久，近年读者恐怕多未读过，故借此机会重刊于本书中。其中关于前书出版事务的若干段落，因与本书无关，谨此删去，但对诸师友的情谊，自一如其旧。

我曾到过那里。

那是我十二岁那年，或十一岁，或十三岁。那时候我还是一个普普通通的孩子，但生命中已经发生了某些奇妙之事，让我进入一个陌生的世界。

我站在一片荒原上，一片迷惘，看着脚下的大地，地面是一种奇特的黑色，黑沉沉的如同虚无的深渊，又平滑得仿佛尚未凝固的沥青。寸草不生，没有任何生命的迹象，只有黑色的大地平坦地一直向远方延伸。

但这片黑暗的大地仍然被一片幽冷的月光照亮。月光下，我看到了自己的影子，从脚边伸展出去，一直被拉伸到天边，那里隐隐可以看到一条地平线将天和地区别开来。

在地平线以上，黑暗，却非一团漆黑，有许许多多奇妙的东西在那里。点点微弱的光明穿透黑暗，如同一只只萤火虫，我认出来那是星星。它们密密麻麻，组成陌生怪异的形状，一点点、一簇簇装饰着深不可测的暗夜。在远处，淡淡的银河伸向天穹，又斜斜地没入地中，似乎与月光下我的影子遥遥相接。

我在惊愕中转过身来，望向天的另一边，顿时被满目强烈的银色光辉淹没。我好不容易才看清楚那是什么。它不是月亮，却比满月还要明亮得多，正是它照出了我的影子。

那是一个与地平线近乎垂直，正对着我的巨大结构，一个占据了小半个天空的光体，光辉灿烂，无与伦比。它的形状如同一个巨大的蛹，虽然静止不动，却因为散发着光而充满了生命感。它没有明显的边界，但在光明的核心区域之外，还有一层层的光晕笼罩着。它们向四周发散出去，直到变成一个个漂浮在黑暗中的小光点。

它看上去很近，好像一伸手就可以碰到，但顶端向上延伸，渐渐变成了一条相对较狭窄和暗淡的光带，跨过天顶，落向天的另一边，成为刚才我所看到的银河。那横贯天空的结构，如同一道发光的拱门，高耸在大地之上。

不知怎么，我蓦然明白了那个"蛹"是什么：那是宇宙中最壮丽的奇景，整个星系的中心，数十亿颗恒星凝聚而成的星系之核。

在地球上，银河系的中心位于人马座方向，由于厚重的星际尘埃阻隔，银心区域是不可见的。或许并非永远如此，太阳每两亿多年绕银河系的中心公转一圈。或许在上古时代，当太阳位于银河系其他区域时，三叶虫或恐龙曾经见到过光辉灿烂的银心。在人类有记载的历史中，我们的行星却一直和银河系伟大的中心世界相隔绝。如果古代的先知和诗人曾见过这座银河中的永恒之都，就不会单单崇拜太阳和月亮的些许光亮。

同时我也明白了，这绝不是在我所生活的地球上。

在整个天空中，我没有看到任何熟悉的星座，繁星是如此之多，浩瀚如海，已谈不上什么星座。银河也明亮了很多，亿万恒星如同被神秘的力量召唤，聚集到它的中心，形成了一个光之蜂巢。这无与伦比的星空，不可能是我熟悉的，地球的星空。

我不知道这是哪里，哪一颗星球，不知道是行星或是卫星，甚至不知道它是不是一颗星球（或许它是一艘巨大的太空船）。

但十二岁的我知道，自己无疑已经远离了太阳系在银河中的位置，或许是在整个银河系的另一边。或许，我根本不在银河系，而在仙女座星系，或者宇宙尽头的任何一个星系。而地球在遥不可及的宇宙另一边。

而我，不知如何，在那一刻，确确实实在那里，看到了银河之心。

那时，我望着那个亿万星辰所凝聚的光核，完全呆住了。当时的感觉，难以用语言形容。那是比惊愕更强烈的惊愕，比恐惧更深层的恐惧，比喜悦更欢欣的喜悦，如同一个盲人，不，一只天生没有视觉的蝙蝠长出了眼睛，拥有了视力，看到充满光的世界。

……

以上不是虚构的小说，也不是无端的幻想。这是在某种意义上真实发生过的事件，是我十二岁时一个异常清晰的梦境。诚然，在多年后回溯叙述时，不免会加上一些后来才有的知识和比喻，但当时梦中的异象和震撼，没有丝毫的夸大虚饰。

这个梦并非从天而降。我生活在一个从来见不到银河的南方小城市里，甚至晴朗的星空也见得不多。我关于宇宙的认识基本来自《十万个为什么》之类的科普读物和科幻小说。大概十岁的时候，父母给我买了一本小松左京的《宇宙漂流记》。后来，又从一个邻居那里得到一本破破烂烂的《冰下的梦》，那是在我出生前就出版的一本国内科幻小说集，收录了刘兴诗、王晓达等名家的作品，其中许多故事我都读了不下五六遍。从那些书中，我渐渐了解了一些关于宇宙的知识。

但给我最深印象的，当属郑文光先生的《飞向人马座》。这是一本当时根本买不到的书，我好不容易从图书馆借到一本。第一次打开的欣悦还记忆犹新。其中印象最深的，就是少年主人公们乘坐飞船，穿过星际云，见到银河系之核的那一刹那：

> 除了向尾部望去，星际云还像一个遗留在记忆中的噩梦一样，他们又看见了星光灿烂的天空。三个人，就像会见久别的亲人一样，打开全部电视机屏幕，久久观览壮丽的宇宙图景。银河正斜斜掠过前方。差不多就在飞船正前方，一条细细的溪流似的银河突然加宽了，加粗了，当中，有一团格外明亮、光耀夺目的东西。不错，这正是中微子探测器里所看到的一大块亮斑，就像在晴夜中突然升起一轮明亮的太阳。
>
> 原来，这是银河系的核！
>
> 我们地球上看不见银河系的核，因为它被暗星云挡住了。星系核！这是宇宙中最壮丽的奇景，成千万、成亿万、成几十亿万颗恒星密集在一起，发出强烈的光。固然，"东方号"离它还有三万多光年远，但是，它的光芒在电视屏幕上甚至可以照出三个宇宙旅行家的影子！

这个情节曾使我反复品味，激动不已。我想，这个梦的一部分渊源就在于此。当然还有其他更早更深邃的渊薮，如幼年时的夏夜，第一次见到漫天繁星时的惊异，如今只剩下片段记忆，难以寻觅。

在这个梦之后，有好几天工夫，无论是上课还是放学，吃饭还是睡觉，我都在想着梦境中那诡异的奇景，而时常内心战栗不已。对我来说，这不仅仅是一个"梦"。一般的梦境因为违反现实，而很容易被判定为虚假的：门门考试都一百分，或者在天上飞来飞去，等等。这些都建立在类似现实的基础上，恰恰因为是现实的真实才容易看出它们的虚幻。但这个梦境和现实几乎没有任何相似性。它完全、绝对、纯粹是另一个陌生的世界，和我的世界、我的生活没有任何关系，以至于我在内心深处竟找不到认为它是虚假的根据。

相反，稍加思考就让我惊讶地发现一个朴素的事实：那个梦中的世界几乎必然存在。银河系中有几千亿颗恒星，行星的数量或许还要多。除了地球之外，在任何星球上都看不到我们熟悉的夜空。只要几十光年以外，看到的星空都会大相径庭。不同的太阳，不同的月亮，不同的星座……更不用说那些躲藏在旋臂深处、星系核心，或者银晕边缘的世界，在那里我们必然会看到各种不可思议的景象。在千亿个星球中，会看到类似梦境中的某一个景象，毫不为奇。

我知道那个地方确实存在，虽然我不知道在哪里，也不知道如何才能到达，但是在梦中，我的确曾到过那里。令我沮丧的是，我无法在现实中到那里去，正如天上的星星，永远是可望而不可即。

后来我长大了，在一座平平无奇的南国小城里。那些平淡而又躁动的青春岁月，我背着语文课文和数学公式，走过小学、初中和高中的林荫道，在笔记本上写下幼稚的诗句和女孩子的名字，对未来充满各种渴望或憧憬，许多梦想涌现又转瞬消失。但有件事我天真地一直没有忘却，我觉得，自己终将奔向那遥远的异星，那神秘又奇异的世界。它们在那里，在等着我。终有一日，我将踏上它们无人涉足的表面，看到那些从来没有人见过的奇观，因为它们在那里，事情就那么简单。

当然，这件事到现在还没有发生，很可能永远也不会发生。

我渐渐知道，我们的宇宙，至少存在了一百二十亿年以上，已知范围也达到一百多亿光年。在此近乎无限的时空之中，人类所熟悉的部分，包括我们的历史和可以确定的将来所占据的，只是至为渺小不足道的一部分。终我们的一生，也无法到达最近的另一个星系，甚至无法到达另一颗行星。那些确乎真实存在的世界，我们却永远无法抵达，是一件令人绝望的事。幸运的是，我们人类的绝大部分情感和欲望都满足于在这个小小的行星上追寻微不足道的个人幸福和抱负，从而生活世界的狭隘也并不那么难熬。但在我们的内心深处，总有那么一点点无法满足的好奇心和惊异感，不愿屈服，指向那注定无法到达的时间和空间。

剩下的只有幻想，在想象中，人从现实世界的孤岛悬崖上一跃而出，生出了伊卡洛斯的翅膀（这个希腊神话或许可以称为最早的科幻），飞向无限时间和空间的彼岸。

从回溯的意义上说，这个奇梦标志着一个科幻迷诞生了。中学时，凡尔纳的《太阳系历险记》和威尔斯的《时间机器》等经典名作令我心醉神迷。后来，我又开始如饥似渴地阅读阿西莫夫、克拉克和其他科幻大师们的作品，只恨翻译得太少。一个个奇异的世界在我面前打开，一种又一种匪夷所思的可能性向我呈现。上大学后，《水星播种》《流浪地球》和《伤心者》这样的杰作又让我意识到，当代的中国作者也能达到令人赞叹的高水准。《科幻世界》杂志和"世界科幻大师丛书"等科幻书刊，在我书架上拥有了固定的地盘并不断招兵买马。最后，我们时代伟大的杰作

《三体》系列出现了，我如饥似渴地阅读着，痴迷于其中。

但这些借来的幻想，总是无法令人满足，相反却带来更深的渴求。不知从什么时候起，我自己开始了写作。十三岁的时候，我在作文中写了第一个"科幻"故事，叫作《地球上最后一个人》，说的是一个军阀躲在月球上发动战争，派出机器人大军要消灭地球上所有的人，当他的军队大获全胜之后，他回到地球上，结果也被自己的机器人当成"地球上的人"消灭了。这个幼稚的故事倒也"逻辑严密"，得到了老师的鼓励，可惜早已不知扔到哪里去了。

现存的最早一个故事《大海的一个梦》（收入《古老的地球之歌》）写于1998年的冬天。我清晰地记得，那时推开我十五楼上的窗户就可以看到如同悬挂在天边的大海，猎户座的星辉照在海上。它既不是科幻，也谈不上是小说，只是一篇故作老成的稚嫩故事，尴尬地逗留在现实世界边缘，但或多或少，照进了那个梦中的诡异星光。我曾想过改写这个故事，给出更为科幻的解释，并有了很好的点子，但是放弃了，让它保持那一份青涩的稚嫩。

以后几年中，我还写了许多故事，大都只有开头，没有结尾，或许因为那都是为我自己写的。它们是通向一个又一个世界的门，我只需要打开这扇门，而不屑去修补和完善这个世界。

多少年来，我从未远离科幻，但也没有进一步进入它。它似乎已经越来越变成生活中必不可少又并无实际用处的点缀。直到2010年7月，我因为生活中一些突如其来的是非而大感苦恼，或许只是为了排遣愁绪，我开始动笔，把多年前就已经开了头，却一直没有写下去的一个故事写完了，这个故事就是本书的第一篇《关于地球的那些往事》。故事发在网上，得到了一些朋友的鼓励和好评，但这本身还是次要的。重要的是，在写作时，我如同进入了一个遥远而陌生的宇宙，飞腾在亿万星辰之上，那些现实生活中的苦恼，忽然变得完全无足轻重。

这不是逃避现实，而是飞向更高的现实。我一直不太同意"科幻是以超现实的方式反映现实"这样的提法，至少不只是这样。在我看来这是无谓的文学教条，我看不出自己在梦中见到的那个世界和我们身边的现实有任何关系。它不是任何饮食男女或社会结构的扭曲表现，也不是个人内心欲望的投射，它不是镜也不是灯，它不是文学写意，也不是哲学思辨，当然更不是科学论文，只是以文字为载体表现的、人与陌生实在接触时的无限惊异。当然，它不得不借助很多，甚至一大半的现实元素才能以读者愿意读的故事形式出现，但它的目光总是指向现实不感兴趣的群星之间。

刘慈欣先生的《三体Ⅲ》面世，我一时兴起写了狗尾续貂的《三体X》，并发表在网络上。由于紧跟着三体的第三次浪潮，竟获得了远出于意料之外的成功，当然也引起了不少争议。知我罪我，其惟科幻。无论是正面的反馈还是负面的批评，都给我继续写下去的动力，写出一个自己的世界。第二年，我又写了更多的故事，然后是第三年，第四年……

收录在本书里的这些故事，既不未来，也不针砭现实，或许也谈不上有科学上的营养，只是一个"老男孩"怪里怪气的幻梦。归根结底，能耐心读完这些故事的读者们，你们和我一样知道，那不是普通的梦，也不是文艺的梦，而是……关于另外一些世界的古怪而孤独的梦。

而我曾到过那里，每一个世界，我都去过。这已经足够。

我猛然睁开了眼睛。

环顾四周，大地仍然是黑沉沉的，周围没有一丝风，只有我伫立着，一片茫然。

天，我忽然明白了过来，浑身战栗起来，天。

我又回到了那里，不，这里。

我看着面前自己的影子，浑身僵硬，几乎无法挪动。我强迫自己转过身。

巨大的星系之核再一次出现在我面前，依然光明璀璨，气势磅礴。它不是无差别的银白色，隐隐透出橙红色，在四周的光晕则是蓝色。仔细看去，各种奇特的气流和星云伸展着怪异的形状，将星体包裹在其中。在这个巨大光核的边缘，一簇簇明显的球状星团悬浮在群星之间。

这是那个梦，我头脑中只有一个念头，那个梦又开始了。

不，或许之前的一切反倒是梦，而我一直都在这里。

但这里是哪里？

那不可思议的银河之心距离我至少有一万光年，但是感觉仍然好像一朵发光的云团一样，低到似乎一伸手就可以抓到它，或许人类的大脑还没有进化出能理解它距离和大小关系的能力。

但在天边，在银心的光辉之畔，似乎还有什么东西，只是被银心的光芒所掩，看不分明。但看上去多少有几分熟悉……

很费力地，我在星系核的光辉中辨认着它的形状。它孤悬在天边，半圆形而略凹，在银心的灿烂光辉下显得有些暗淡，似乎离我们比星系核更远，上面仿佛有一块巨大的暗影，勾起我依稀的回忆……

骤然间，我想起了那是什么：那是月亮，被照亮半边的月亮。

那不是最远的天体，而是最近的：月球，我们的月球，地球的月球。我看到的那半面正是风暴洋，月球上最大的月海。形状完全符合，只是看上去比我们熟悉的月球略大了几分，看上去有些陌生。

我巡视着天空，除了月球之外，再没有熟悉的天体。如果有太阳，也早已沉入地平线下。或许火星、木星或土星也在天上，但在如此多陌生的星星中，我无法辨认出哪些是行星。

有月球已经够了，我知道了自己在哪里。毫无疑问，这里是地球。

我还站着，还能呼吸，这里是我的地球，不知多少亿年后的地球，或者不知多少亿年前的地球。

或者，另一个宇宙的地球。

我环顾四周，仍然看不到任何熟悉的景物，只是在漆黑大地的尽头，就在银心的正下方，似乎影影绰绰有一些东西，让地平线变成了锯齿状。或许是远处的山丘，或许是城市的废墟，或许什么也不是。

但是为什么我会在这里？千百种稀奇古怪的可能从我心头掠过：或许我进入了一个时空裂缝，或许被地外文明捕获，或许这一切只是虚拟的幻境，又或许我沉睡了亿万年后才醒来……没有答案。也许答案比我任何一种幼稚的猜想都更加离奇，更加不可思议。但我必须自己找到答案。

总之，我还在这里。

思考着，战栗着，我深吸了一口气，迈出了第一步。抬起脚，又落下，黑沉沉的大地表面仍然承载着我的身体，一个好的开始。

然后是第二步，第三步……我一步步走着，迎着或许是数万光年外银河之心的冰冷光芒，走向地平线上的若有若无的魅影。

梦境永无结束，故事才刚刚开始。

请和我一起，进入这最真实的梦幻中。

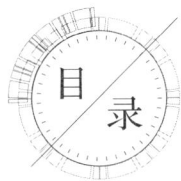

目 / 录

Catalogue

关于地球的那些往事

一

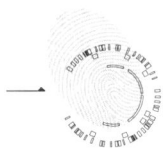

那颗看上去普普通通的恒星悬在银河系的荒蛮之地——两根主旋臂之间一根无足轻重的小分支上，在四光年之外看来，只发出一点平淡的微光，只有很费力才能将它从光辉灿烂的群星中分辨出来。从各个角度来看，都只是一颗再普通不过的主序星。所以，当卡奇瓦王子听到那个所谓"死星"的荒诞传说之后，忍不住哈哈大笑了起来，这笑声是一种特别的电磁波，冲击着每一个洛瓦人的信息接线，令人难以忍受。

这是泛银河世界中一个普通的时刻。但对洛瓦人来说并不普通：洛瓦联合王国的主君，三千个洛瓦星系的共主，洛瓦大神之子，和平与商业的守护者卡尼瓦国王刚刚去世。他的弟弟，在两千日前的政变中被放逐到星系边缘的卡奇瓦王子殿下，在一堆亲信幕僚的簇拥下，正乘坐着"绝对空间号"皇家飞船，前往母星接管大权。在那里，有一支忠实的军队和无数臣民正焦急地等待着他的到来，现在只有不到一千光年的距离了。

可是走了一大半路之后，飞船的空间引擎已经能量耗尽，目前的能量储备已经不足以支撑飞船驶完最后一段旅程。这并不是什么大问题，只要从眼前这颗不大不小的恒星中汲取足够的能量，进行一次大跃迁，就能在极短时间内穿越这一千光年的距离，将王子殿下送上那诱人的国王宝座。

可是王子殿下的首席科学顾问，沙密瓦博士胆大包天地表示了不同意见：此举万万不可。

"关于死星的传说有其历史依据，殿下。"沙密瓦博士小心翼翼地说道，"这个传说至少从十个标准银河年之前就有了。整个泛银河世界所公认的最古老的文明种族，伟大的沙人，在他们的《开辟圣书》中写道：'如果你见到死星索莱斯，记住，绝不可以踏入它的神殿，那必不为诸神所喜悦。'而《开辟圣书》的星图上死星的位置，根据银河史家对恒星坐标的历史还原，所指的正是这颗恒星。还有至少12个古老民族的史诗中有类似的记载，例如……"

"够了，博士！"王子好不容易止住了笑声，将电磁波调到"威慑"类型，"我真为你感到羞耻。从什么时候起，那些我们自启蒙时代以来早就摆脱的神神怪怪又渗透到你的脑瓜里去了？这一路上，你尽拿那些诸神啊、鬼怪啊之类的胡扯吓唬大家，真让人难以相信你居然是一个超空间物理专家。想想吧，那些早就堕落的古老民族，那些已经忘却科学的低下种群，他们之所以还在这个宇宙中存在的唯一理由就是他们像宗教一样崇拜祖先所发现的每一条科学定律。我已经厌倦这些鬼话了。"

"可是自古以来，一直有无数的星际飞船在这一星区消失不见。即使不论远古时代那些夸张的传说，只确凿的记录也有好几十起。这一点早已经引起了整个银河系世界的不安。人们都觉得这个星区有某种神秘的力量存在着。比如英卡卡人有一句谚语来形容那些令人讨厌的人：'愿索莱斯的死光保佑他！'还有……"博士看到王子的信息场的颜色向"暴怒"方向转变，讪讪地关闭了语言端口。

"少扯淡！"王子大吼着，"睁开你那二十只生锈的胸眼和背眼看看，这颗恒星的类型是最适合用来补充燃料的，我们不把它榨干，就不能及时进行跃迁。不及时进行跃迁，就没法及时赶回母星。不及时赶回母星，就没法顺利登基，那会让我那个阴险的小侄子捡现成的便宜。他要是当了国王，到时候我们大家的思维器都会被他们从腹腔里挖出来改装成游戏机！懂吗？本王子特意不走普通航线，走这条最近的路线，就是要尽快赶回去，免得节外生枝。你还拿些废话来扯本王子的后腿。死星是吧？告诉你，就算这颗星星是死神本人的卵蛋，本王子这回也要把它一把揪下来！蠢电脑，超空间跃迁立刻启动！"

最后一句话是对飞船的电脑控制系统说的。在接到这个明确无误的指令后，飞船微微震动了几下，空间引擎启动了，飞船尾部发出了闪烁不定的光芒。从外部看来，飞船仍然只是在茫茫的星海中漂浮着，但船内所有人都感受到了飞船的加速。它将在加速到光速后一举跃入超空间内。指挥舱里，心怀疑虑的人们沉默不语。还有一些惴惴不安的船员开始念起了洛瓦人保平安的经文。王子虽然口头很强硬，心中也有点犯嘀咕。为了掩饰自己的不安，他刻意高声谈笑，并讨论起一个著名的洛瓦美人，说当上国王后要把她变成合体器。

王子正说得高兴时，飞船在宇宙空间中消失了。它将瞬间穿越超空间，将在同一时间出现在四光年外的那颗恒星附近。

在距离那颗恒星1.5亿公里处，一颗经历了数十亿年的演化，刚刚显出蔚蓝色的行星正在缓缓转动着。在那颗80%的表面是蓝色海洋的行星上，生命正在大洋深处孕育着。虽然还没有多细胞生物出现，但是原核生物早已繁荣起来。原生生物也已经崭露头角，海水中浮沉着五颜六色的藻类，动物的远祖，各式各样的鞭毛虫、变形虫、放射虫们在水中悠游自在，吞吐着俯拾皆是的水藻和菌类，享受着和煦阳光下温暖的水波。

这些悠闲的原始生命自然不会知道，当洛瓦人到达之后，自己将面临悲惨的命运。洛瓦人粗暴的能量采集方式会让这颗恒星的核聚变反应变得极不稳定，并立即耗尽其内部的氢包层。这样一来，用不了几个小时，这颗本来可以活上100多亿年的恒星就会迅速爆发成一颗红巨星，半径膨胀上百倍。而这颗像水晶一样清澈的蔚蓝色星球将像火海上的一颗露珠一样，在能量的狂潮中转眼间便无影无踪。

但是这一切并没有如期发生。飞船再也没有到达目的地。卡奇瓦王子、德沙瓦将军、沙密瓦博士等著名人士连同数百名普通船员一起，进入超空间后便无影无踪，再也没有在银河系的任何一个角落出现过。在母星，王子殿下的侄子，帕丁瓦小王子，本来一直在提心吊胆地等待这位以残暴著名的叔叔的到来，却再也没有机会感知到叔叔的能量场。在一个月的僵持后，帕丁瓦王子终于压倒了反对势力，在亲信大臣的簇拥下继位，成为中兴洛瓦王国的一代英主，改写了洛瓦人的历史。

当然，为了安抚卡奇瓦的支持者，帕丁瓦王子即位后，下达了在宇宙范围内寻找叔叔的旨意，并通过外交使节向其他数百个宇宙文明种族寻求帮助。但是一无所获。因为卡奇瓦的旅行是秘密进行的，所收集到的零星证据只能将"绝对空间号"消失的地点锁定在第一旋臂与第二旋臂之间一处方圆数千光年的区域，却不知道具体在哪里。

直到过了五十万年，当洛瓦文明早已衰落后，某个文明种族才在一次偶然的游历中，在距离死星四万八千光年外的银河系另一个角落发现了这艘飞船的残骸。飞船及飞船内的一切早已被撕裂成亿万碎片，漂浮在黑暗的星际空间。经过艰难的考证，人们才最终确定这艘飞船是洛瓦史书中记载的神秘失踪的"绝对空间号"。但它如何到这里的，人们对此一无所知。人们只能推测它卷入了一场意外的超空间能量旋涡而被粉碎，被甩到了这个角落。这一事件逐渐和关于死星的种种传说联系起来，寰宇新闻网上登出了几则吸引眼球的报道和猜测，在历史和神秘事件爱好者中引发了一轮争议，但不久后就和万千类似档案一样被扔进故纸堆中，再也无人问津。

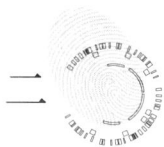

一

纷纷扰扰，星起星灭。一个个年轻的种族登上了银河系的王座，演绎了一出出气壮山河的历史剧，曾几何时又悄然退场，无声无息。在亿万年的繁荣后，泛银河世界又一次进入了长久的衰退时期。然后又是新一轮的复兴。新的种族兴起，新的势力扩张，新的碰撞，新的战争。

在这漫长峥嵘岁月中的某一时刻，在离死星五百亿公里外的空旷太空中，一道蓝色的光圈从虚无中闪现，然后迅速由小变大，膨胀成近一万亿立方公里的巨大光球。刹那间，在那光球中，宛如一座城市从荒漠中平地而起一般，一眼望不到边的各式各样的宇宙战舰排成森严的阵列，猛然间从虚空中冒了出来。

玄渊共和国护国军第七舰队，由三百万艘各式战舰组成，浩浩荡荡地抵达了死星附近的星区。

"哦，禁制之星系，古老的咒语，诗人的灵感，哲人的迷思，旅人的梦魇……"在旗舰的指挥舱里，舰队指挥官青金元帅诗兴大发，喃喃自语着。虽然是自言自语，但通过心灵感应系统，瞬间印入秘书官赤铜的意识中。赤铜知道这是元帅要他记录下来，将来收入史册的名言，尽管心里大骂"屁话连篇"（以元帅无法察觉的隐秘方式），还是小心翼翼地将信息收藏到记忆储存区中。

元帅终于顿了顿，赤铜知道该是自己发问凑趣的时候，"元帅，这就是传说中的死星星系吗？我看挺普通嘛。"

"呵呵，你小鬼知道什么，"指挥官大笑着说，"自古以来，这里不知吞噬了多少宇宙旅行者的性命。传说中，这里处处飘荡着'鬼船'，引着漂泊的旅人进入亿万年前的时空陷阱。"

赤铜心中不以为然，却装出很感兴趣的样子问："时空陷阱？如果掉进去会是什么样呢？"

"没有人知道，也许是远古种族的无数幽魂，也许是宇宙另一端的黑洞，如果你运气好的话，也许能掉到我国古代美人绛镁夫人的床上去。"

"那敢情好，不过大帅，"秘书官终于问出了自己真正关心的问题，"我军这次为什么要迂回到死星附近来？"

青金的表情花纹顿时变成了严肃式，"赤铜，关于此事，说说你的想法吧。"

"这个，我想大帅是要利用死星，设一个陷阱，引星妖们上钩。"

"哦？具体说说看。"

"我也没有想清楚。但是星妖们是从星系的另一头发家的。它们的势力只有在最近的战争中才拓展到这条小旋臂附近。我想它们对死星的传说并不了解。既然死星大有神秘之处，我们大可以利用这一点。"

"说得对，赤铜。据说星妖们发源自一个充斥着恒星的超大星云中，习惯于生活在恒星附近，并善于利用恒星的能量进行攻守。甚至有谣言说它们在恒星表面的火海里洗澡！我花了几千时把它们引到附近，就是希望它们能接近死星，掉进传说中的陷阱，那样这些怪物就……"青金用胸口的四条辅臂做了一个表示"灰飞烟灭"的动作。

"不过元帅，这些假设都是建立在死星传说是真的的条件下，但是万一这不过是荒诞不经的神话，我们岂不是……"

"为此我专门查阅过有关资料，死星附近确实有无法解释的异常现象。据说，一旦接近其日鞘，也就是它的太阳风和星际物质交接的界限处，就会发生恐怖的灾难，仿佛有一层禁制在那里似的。当然，这次战争爆发后，首都星被摧毁，历史资料也残缺不全了。而且我们无法肯定，对于星妖这种超乎想象的生命体，死星的禁制是否仍然能起作用。不过我们已经没有选择了。"

"星妖的这次进攻猝不及防，在沙尔星系和蓝牙星系两次惨败后，我军第一、第三、第五舰队都已经被歼灭。第四和第八舰队在第三旋臂与敌军陷入胶着状态，无法来援。我舰队必须歼灭对方在这一星区的主力才有一线生机。如果我舰队反而被对方歼灭的话，"青金的思维场闪过一丝黯然之色，"古老的玄渊共和国就要从银河系被除名了。"

"敌军在这一星区的力量，是我军的两倍以上。如果不出奇制胜，我军根本没有胜利的可能。死星，就是我们最后的赌注！当然，我会立刻派几艘飞船去探测一下，以便确定……"

青金的这句话还没有说完，引力波探测仪忽然发出了警报信号，显示前方有空间扰动。青金的表情花纹扭曲起来，显示出极度地紧张。电脑很快从观察资料中分析出，前方两百亿公里外出现了敌军的舰队。星妖的大军尾随着他们，已经从一万光年外跃迁而来。

但令青金元帅失望的是，星妖们并没有主动前往不远处的死星附近布下阵营的打算，而是结成严密的空间阵势，浩浩荡荡，直接冲着第七舰队杀来。

"全军立即进入战斗队形！"青金气急败坏地命令道，"必须把敌军逼到死星附近！不惜一切代价，进攻！进攻！"

两军以亚光速的高速迅速靠近。几小时后，玄渊舰队前方，千万妖异的金色的光点闪烁，星妖们杀过来了。

星妖大概是银河系中最古怪的生物之一，它们不需要借助任何工具，而是直接生存在宇宙空间中。它们的身体呈半球形，由类似金属的材料构成，每个的直径都有好几公里长，依靠氢聚变的能量生存。在它们身体前方，是一种比它们身体还要巨大很多倍的妖异磁场，可以吸收空间中游离的氢离子，作为进行聚变的燃料。许多人都怀疑它们是某个古代文明种族的机械奴隶，但它们矢口否认，而坚持说自己是在某片大星云中独立进化来的。

星妖的战争方式，实际上也是它们的繁殖方式。它们随时可以喷射出数百个高速的小球，尽管大多数都会被玄渊舰队的武器拦截摧毁，但只要有几个落到对方的飞船上就会很麻烦。这些小球会迅速展开成有高智能的小星妖，四处乱飞，见缝插针，吞噬着飞船的一切，并迅速长大。一艘玄渊舰队的飞船，它们啃一二十下几乎就完蛋了。

在光与影的进行曲中，战争看似杂乱无章，实则有条不紊地进行着。几乎每秒钟都有上百艘战舰被摧毁。令青金元帅失望的是，十小时后，星妖的损失还不到四分之一，而玄渊舰队却已经损失了三分之二的有生力量。连防守最严密的旗舰也混进来一只小星妖，虽然在人们的手忙脚乱中终于被击毙，但是也造成了几十人死亡，许多重要设备毁损。最不幸的是，青金元帅，被小星妖吐出的能量弹击中下腹部，当场牺牲。

"我军没法再打下去了，为了保存实力，立即进入超空间跃迁！"副帅蓝锡将军命令道。

"慢着，不能跃迁！"正抱着元帅尸体的赤铜忽然坚定地说，他放下青金，大步流星地走向指挥台。

"秘书官，你——"蓝锡惊奇地叫道，忽然反应过来，"你是青金？"

赤铜点了点头，"元帅在会战开始前就将思维复制体放入我体内，并且下了命令，一旦出现意外，就由我启动思维复制体代替指挥。所以我现在暂时是青金和赤铜的融合体，法律上是青金的死后代理人。"

这是玄渊人常见的做法，蓝锡并无异议，但是忍不住说："元帅，不跃迁还能怎么样？我们输定了，及时脱离战场，还有一线生机。"

赤铜-青金望着此时悬在他们头顶的那颗星星说："不，我们还有一个希望，去死星。"

几分钟后，玄渊舰队的残余舰只都加速到了亚光速，绕了个大圈，向着死星方向逃遁。星妖们毫不犹豫地紧追不舍。虽然星妖一族在跃迁技术上不如玄渊人，但是在亚光速航行水平上要略胜一筹。在距离死星不到一百五十亿公里的地方，它们追上了疯狂逃跑的玄渊舰队。

"距离日鞘层只有八百万公里了，七百万……六百万……"驾驶员向赤铜-青金报告说。

赤铜-青金凝视着正在变得越来越明亮的死星，心中默默祈祷："亘古以来宇宙的创造者，伟大的索莱斯大神啊，请从沉睡中醒来，请聆听我们的呼唤，赐予我们您的神力！"

五百万……四百万……

"您曾经令银河系中多少商人闻风丧胆，多少船队一去不返……"

三百万……二百万……

"而今我们来了，带着邪恶的、渎神的敌人。我们愿将自己作为献祭，换取您毁灭一切的震怒……"

一百万……五十万……

"纵然这伟大的力量将我们一起毁灭，我们也无怨无悔……"

在一瞬间，两大舰队的主力几乎同时进入死星的日鞘。就在此时，赤铜-青金元帅所祈祷的那件事情发生了。

几百万个光点刹那间亮度增加了几十万倍，变成了绵延数万公里的火海。没有一艘飞船或一个星妖能够飞入日鞘层之内，而全部在其边缘爆炸了。爆炸所产生的千亿碎片，也发生了在力学中极为诡异的运动，就如同撞到一个无形无质却绝对刚性的水晶罩上一般，又被反弹了出去。两股巨力的挤压让这些碎片瞬间面目全非，并以近乎光速向远离死星的方向飞去。

但是猛然爆发的一部分电磁风暴仍然穿透了神秘的阻挡，而继续以光速飞向星系内部，并在十多个小时后，到达了那颗唯一有生命的蓝色行星。

在那颗小小的蓝色行星上。生命正在海洋中经历着历史上第一次繁荣。美丽的海绵动物，奇妙的软体动物，古怪的节肢动物，恐怖的叶足动物……在暖洋洋的海水中生长繁衍着。在这些动物群中，一群刚刚长出脊索的后口动物在浅海沐浴着阳光——它们将成为这颗行星未来的主宰。那令整个银河世界都感到恐怖的死星，对它们来说却是生命的源泉。

这个慵懒的下午，这些原始的多细胞动物中，有不少睁着没有几个感光细胞的原始眼睛，看到了天外那强烈的白色闪光。可是它们离进化出对奇特现象有好奇心的时代不知道还有多少亿年。所以大部分物种都无动于衷，另有一些物种感觉到危险而躲进了深海，可是过不了多久就忘了这档子事，又开始在这碧蓝色的家园中捕食、嬉戏和求偶。

强光消逝了，蔚蓝色的行星世界又恢复了宁静，继续在进化的漫漫长路上慢条斯理地前进着。

而在外部的泛银河世界，这次悲壮的同归于尽，产生了一个青金元帅也没有料到的结果。几万光年外的其他星妖群们，就在这一批星妖们毁灭的同时，不知为何突然好像发了疯，自相残杀起来。转瞬间，超过一百个星妖军团突然失去了战斗力，玄渊人当然不会放过这个机会。他们发动了总攻，大开杀戒。星妖的势力顿时土崩瓦解，此后再也没有恢复过来，几千年后就销声匿迹了。

历史学家们对这一次莫名其妙的崩溃大惑不解，最后只能猜测，星妖并不是一个一般的种族，而是通过某种量子纠缠，将整个银河系的星妖思维串联起来，成为一个巨大的个体。而数百万的星妖在死星的骤然毁灭，可能猛然摧毁了这个超级妖魔的思维能力，让它发了疯。到底这个解释对不对，因为从此以后再也没有人见过活的星妖，也只能永久存疑了。

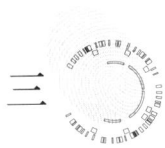

三

又是一个标准银河年过去了。这被整个银河系各大文明种族称之为"至高之大年"，亦即一颗恒星围绕着银心旋转一圈的平均时间，是漫长无尽的峥嵘岁月，也蕴含着无数文明兴衰起灭的历史纪年。极少有文明种族的寿命能够超过一个银河年。一个个曾经统治星河的主宰，不是分崩离析，一蹶不振，就是销声匿迹，隐藏不出，甚至灰飞烟灭，彻底灭绝。而一批批刚刚从泥浆里爬出的蠕虫，从深海里探头的怪虾，在星云中凝结的硅花，转眼间跻身文明种族之列，飞天入地，驰骋在星海之间，追逐寰宇中至高无上的权柄。主人变为枯骨，奴隶成为帝王。旧的势力衰落了，新的文明兴起了，又是一轮残酷而宏大的权力交接。政治体制也在充满血与火的权力交替中进化着。终于，血腥而漫长的银河战争结束了，新的普世宪章颁布了，各大文明种族再一次联合起来，庄严地宣告了银河联邦的成立。和平、繁荣与进步再一次降临在各大旋臂的无数星系之上。

古战场早已消失，文明时代降临了。在距离古老的死星数百亿公里外，一座宏伟的星际之门屹立着，它看上去并不像是一座门，而是一个直径为数百万公里的银色巨环，其中心是不反射任何光线的黑暗的。它其实是连接银河系不同区域的超空间通道。每隔几分钟，就会有一艘满载游客的星船从巨环的中心出现，驶向附近一座著名的空间站——死星博物馆。

"各位游客，欢迎来到恐怖的死星世界！这是银河系最神秘的区域之一，自从史前时代起，就出现在许多上古民族的神话传说中。据说一跨入这个星系，就会面临灭顶之灾，再也无法出去。古代的沙人称之为死亡之神，巴克人称之为'星洞'，意思是和黑洞一样可怕的无底深渊。这些说法曾被科学界视为无稽之谈，但是近几个世纪的研究已经证明，在这个星系确实有不能用科学解释的神秘现象发生。这是怎么回事呢？今天，就让我们一起来探索这个千古之谜吧！"在博物馆足以容纳百万游客的大厅中，通过自动翻译器，每位游客都接收到了用自己种族的语言来解说的这一信息。这大厅是一个空心的巨大球体，游客们悬浮在空中，四面没有实体的阻隔，而是用力场约束隔断内外。可以清晰地看到不远处死星放射着平淡而又神秘的光芒。

关于"死星"的种种传说，本来早已经在文明衰落时代中被遗忘，但随着联邦的兴起和星际贸易的繁荣，再一次吸引了人们的注意。一百多艘星际商船和客船的相继失踪，促进了联邦政府调查计划的实施。

几个探测队被派出了，不幸的是都有去无回。政府再也无法封闭消息，新闻界开始炒作。"死星"的名字再一次被提起，出现在各大报刊上。在科学界和民间的强烈关注下，政府不得不公布了一部分秘密档案。同时，一方面禁止一切私人前往死星探险。另一方面在死星星系的边缘外修建科学考察站，进行长期观测和研究。

经过数百个无人探测器的反复研究，科学界确认了一点，死星的神秘威力主要在于它的日鞘层。在那里，似乎有某种强大怪异的能量场——任何人造飞行器一旦闯入，就会发生异常，导致毁灭性的爆炸。这种能量场甚至造成了超空间的扭曲现象。但只要不进入日鞘层，就不会有什么危险。

虽然日鞘层有变化不小的膨胀和收缩，但也有绝对的界限。科学家们在日鞘层外建立了多个基地进行研究。不久，在新闻界的渲染下，旅游业也随之发达起来。死星吸引了很多游客。虽然说看上去不过是一颗普通的恒星，没什么好玩，但精明的开发商买下了几个废弃的科学基地，改造成死星博物馆，又搜集了一些真真假假的飞船残骸，弄了几艘仿古的"鬼船"，并在附近修建了大型的主题游乐场。这里逐渐也成为联邦人消闲的场所，每天吞吐着数以百万计的游客。

"我们虽然无法以任何方式接近死星，但仍然可以通过从星系内部发出的电磁波，观察这个神秘的星系。文明世界对死星的观测由来已久，在前联邦时代，就有一群虔诚的死星教徒在这个博物馆附近修建了第一座教堂，对死星进行膜拜。他们是古代玄渊人的后裔，据说死星帮助他们赢得了一次关键的战争，所以对死星产生了崇拜。死星教徒对死星的观测长达十分之一个银河年，并留下了丰富的资料。今天我们已经知道，这个星系共有八个大行星，其中一半是巨大的气体行星。让我们仔细观察一下这些行星的奇妙样态……"各大行星的三维虚拟图像在博物馆的中央大厅浮现。某个行星绚丽的光环引起游客们的称赞。

"……但最令人感兴趣的，是死星的第三行星，我们称为蓝星。"随着解说，一颗蔚蓝色的行星出现了，在大厅中央缓缓转动。人们可以清晰地看到，在蓝色的海洋上漂浮着黄绿色的大陆。

"因为这颗行星拥有生命，我们的科学家从行星的照片和光谱分析得出了这个结论。大陆表面的绿色应该是靠光合作用生存的植物，很遗憾，由于距离过于遥远，我们无法得到该行星生态系统的具体信息。只能大致推断，应该是属于碳基。

"根据死星教徒们留下的资料，大概在四分之一的银河年之前，黑黄色的陆地才变成绿色。一些学者认为，这是多细胞生物第一次出现，但更多的科学家相信，这些植物是从海洋登上陆地的，因为它们首先出现在沿海地区，然后向内陆扩散。最近几个世代的研究显示，这些植物分成许多不同的类型，可能已经有高大的树木出现。

"但更令人感兴趣的，还是动物，毕竟95%的文明种族都起源自动物形态。目前已经确认，这个星球上存在着动物，并且在植物登陆后不久也来到了陆地上。由于观测条件的限制，我们无法直接看到动物个体。但是随着大陆上植物群落颜色的微妙变化，我们可以判断有以食用植物为生的动物存在。当然可能有更高级的肉食动物，不过尚没有任何智慧生命出现的标志。"

大厅中出现了宇宙动物学家推测蓝星生物的样态，千奇百怪，无所不有。人们好奇地看着，不时传出各种哄笑，原来某些想象的蓝星生物和来参观的一些种族的游客不无相似。

"……以上所说的是我们的常规介绍"，信息广播继续着，"但是今天来到这里的大家将有幸看到一个特殊的节目。今天大家所看到的，将是终生难忘的奇景。我敢保证，一个银河年之内都不会再出现这样壮丽的场景。很有可能，死星的奥秘将就此被揭开。"

"我们的科学家早已发现，死星神秘的防护能量场仅仅对人造物体起作用，而对于自然天体则可以放行。我们早已经观察到在日鞘外很远地方的一个彗星云团与星系内部相互往来。最近几年来，我们的研究人员曾经尝试着将几个小行星和彗星推入星系内部，证明并没有受到什么阻碍。因此，第18970届政府时期，也就是大概十年前，一位年轻的科学家，来自天行族的古笛博士提出了一项近乎疯狂的计划，这最初被看作是天方夜谭而被排斥，但近年来获得了来自科学界越来越多的支持，证明它真的可行。最终这项计划获得了联邦政府的首肯，并命名为'诱拐计划'。"

虽然大多数游客对于"诱拐计划"早已经在各种媒体上获悉而耳熟能详，但仍然认真地听着。人们意识到，这一时刻即将被载入史册。

"'诱拐'是一个很确切的称呼，这个计划的精髓，就是将一颗恒星推入死星星系，让它以极高的速度掠过该星系，特别是经过蓝星附近，捕获蓝星作为它的行星，然后再从另一边把蓝星'带'出来。这样，我们就可以不受死星禁制的阻碍，对蓝星进行自由的研究了。"

"可是这样，不会对蓝星的生态系统造成毁灭性的打击吗？"一个尖锐的质问响了起来。

"这个，大家不用过于担心，我们的科学家已经通过量子计算机进行过多次模拟，基本上是安全的。当然，自转和公转的急剧变化会引起地震、海啸、火山喷发等地质灾害，换了一个太阳所造成的热辐射变化也可能导致气温急剧升高和气候系统的紊乱，这些恐怕是很难避免的。在计算机的优化配置下，我们所设置的具体参数已经将可能的损失降到了最低。但是由于对蓝星生态系统缺乏了解，风险总是存在的。

"不过即使造成了毁灭性的影响也是值得的，泛银河世界在通向科学与进步的道路上总是要付出代价。"讲解者在"科学与进步"几个单词上加重了语气，"我们不能允许死星的秘密永远不向文明世界开放。事实上，在银河系的各个角落，每个银河年中都有几百万个萌发出低等生命的星球因为偶然的事故遭到扼杀：小行星撞击、恒星氦闪、星际物质侵蚀……比较而言，这次可能的牺牲还是有价值的。"

游客中响起了一些零星的抗议，不过也响起了更多的支持声，将抗议压了下去。狂热的生态保护主义者并不得人心。目前的游客比平常多一倍以上，许多人花昂贵的价钱买票到死星博物馆来，就是要看这一出双星夺珠的奇景。

"你们这些家伙难道是死星教的吗？死星吞噬了多少联邦公民的生命？你们怎么从不关心？做一个小小的实验，到假仁假义起来了！"

"问问题那个，你不是鲶人族的吗？你们在绿洋星采油的时候怎么没想到保护生态系统？"

"天天把生命权挂在嘴上，难道蓝星的虫子们是你们的主子？星际虫奴们有多远滚多远！"

一片扰攘中，忽然传来了讲解员清晰的信号："'诱拐计划'已经开始，请大家注意看星门方向。"游客们中止了争吵，纷纷向三千万公里外的巨环望去，那里相继放出了奇异的蓝光：四艘恒星牵引舰出现了。

恒星牵引舰是体长数十公里的巨舰，其中主要的成分是中子星物质。这使得每艘牵引舰虽然体积远远小于任何恒星，但拥有恒星级的质量。它们用引力将恒星约束起来，并影响其方向和速度。它们甚至可以将恒星加速到近乎光速的水平，犹如在役畜面前放上令它们垂涎欲滴的食物让它们飞奔。

在恒星牵引舰出现后，空间站发出了微微的震动，空间发动机已经启动，以免受到星门附近突然增加的大质量引力的影响。不久便有一盏诡异的红灯在巨环的中心幽幽亮起：那颗用来诱拐蓝星的恒星从银河系的另一端来到了这里。游客们欢呼起来。

后来在史书上被称为"复仇女神"的那颗恒星那时被叫作"诱惑"。这是一颗吐着暗红色光芒的红矮星，质量仅仅相当于死星的十分之一，光度更是只有后者的百分之一。从三千万公里外望去，它如同宇宙猛然睁开的一只暗红的独眼。在恒星牵引舰的加速下，它将以极高的速度掠入死星星系，来到距离蓝星大约只有千万公里的地方，再以大于死星二十多倍的引力将蓝星捕获，并很快带出这个星系。当然，这个过程要花费数千天以上的时间。

对"诱惑"的调教颇费时日。在恒星牵引舰花了将近一个月，让"诱惑"摇摇晃晃地转了好几个圈之后，这头总算被驯服的野兽才终于调整好了状态，一头奔向了死星方向。又过了几天后，"诱惑"终于接近了死星的日鞘层。

这时候，早已经换了好几批游客。不过，"诱惑"进入日鞘层是里程碑的大事件，所以这一天游客又激增起来，达到了三百万人之多，连博物馆的中央大厅都容纳不下了，于是许多人驾着小型飞行器在太空观赏。观者如堵，形体各异的各种飞行器和身穿宇航衣的个体参观者组成了一面壮观的巨墙，看着六亿公里外"诱惑"的移动。

不过，绝大多数人是看不出什么端倪的，日鞘层内外并没有用肉眼可以分辨的标志。"诱惑"的高速运动，在几亿公里外看来，和静止不动没有多大区别。好在有一百多台立体摄像机跟随着"诱惑"，拍摄着这个历史性的时刻，并将图像传到博物馆大厅中。当科学家计算的"诱惑"进入日鞘层的时刻到来时，先后不过几秒的时间，大厅的立体图像就消失了。人们明白，八台摄像机已经在神秘魔咒的作用下报废了。

但是肉眼可见，"诱惑"依然存在，发出稳定的红光。在接下去的两个标准时内，都一动不动地悬挂在天际。看来，曾经毁灭无数宇宙航行者的神秘禁制对它是无效的。

正当游客们觉得已经没什么好看而陆续离去之时，一件不可思议的事情发生了。在进入日鞘层两个小时后，"诱惑"闪烁了几下，然后就消失了，就像一盏暗淡的灯光熄灭一样悄无声息。游客们不敢相信自己的眼睛，几乎炸开了锅。

几十秒后，来自观测站的消息证实了人们的肉眼所见：望远镜的观测显示，在几秒钟内，"诱惑"的速度忽然迅速递减为零，似乎被什么东西扯住了。随即发生了形变，表面出现了奇特的隆起，然后内部的恒星物质疯狂地喷涌出来，形成了数十万公里高的超级日珥，这股物质流被吸入后方变成一个看不见的点，使得整颗恒星迅速黯淡下来。然后，几乎在一瞬间，整个"诱惑"都消失在漆黑的太空中，好像被一个魔术师用黑布变没了一样。

显然，死星的神秘禁制并不像科学家以为的那么简单。大多数游客们不无失望，看来"诱拐"计划是失败了，死星的秘密仍然不为人知；不过也有人感到高兴，毕竟这也是毕生难见的奇观，证明死星的强大魔力。人们议论纷纷，却浑然没有觉察到真正的危险所在。

"诱惑"消失后大约几分钟，游客们纷纷用各自的语言惊呼了起来：博物馆的中央大厅忽然悄无声息地裂成了两半，断裂面整齐得如同镜子一样。事实上，整个空间站都被斜斜地"劈"成了两半，重力场失效，防护力场破裂，空气大量外泄，博物馆内外的游客们都恐慌起来，像几百万只没头飞虫一样逃窜。转瞬间出现了十几万处爆炸和火光，那是各种飞行器在慌乱中的对撞。

仅仅十几秒后，已经分成两半的空间站再度分裂成七八片，有的裂片直接从游客身上穿过，一个完整的躯体还来不及哼一声，转眼间就分成数片血肉，仿佛有一个巨大的狂暴武士拿着隐形的钢刀在疯狂砍削一样。随后，是几十片，几百片，几千片……再也拼不成任何完整的形状。

这种奇特的现象持续了十分钟之久，恐怖的断裂连续发生着，包括一千多座永久建筑和四千艘大型飞船的整个空间区域，变成了亿万片飞舞的碎屑，似乎为了验证物质是否无限可分的命题，这些碎屑也不断破裂，直到几乎每一个原子都断裂开来。其中自然已经没有任何活物。

能够及时逃生者只有几千人，其中一个目击者说了一句后来被证实的话："看起来破碎的不是空间站或者其他什么东西，而是空间本身。"

这恐怖的一幕，还仅仅是灾难的预演。

更大的灾难，发生在两万五千光年外的联邦首府——始建于银河帝国时代的天国之城。这是一座行星规模的都市，但并非一个行星，而是一个美轮美奂的人造结构，看上去像是一朵分为七层，包含着数百片花瓣的鲜花，每一片花瓣都有几百万平方公里的面积，并有复杂的立体结构。联邦政府是个像水晶一样玲珑剔透的光球，直径有上百公里，内部包含着三万个精美细致的建筑。它们天衣无缝地交织勾连在一起，构成完美的球形，悬浮在花蕊的位置。人们公认，这是整个银河系有史以来所建造的最美丽的城市，两千亿来自一百万个不同种族的联邦公民居住在这里。这座城市不依赖任何恒星，而是围绕着银核做为期整整一个标准银河年的公转，以底部能源系统的反物质聚变供给全城能量。

当"诱惑"在死星日鞘层附近消失的同一时刻，天国之城的居民们忽然感到整个城市被血红的光芒充满。人们抬头望去，发现一个巨大而狰狞的火海突然从天空降临，将整个苍穹都覆盖了。骇人的日珥疯狂地喷吐着，连上面的支流都看得清清楚楚。

"诱惑"变成了"复仇女神"，出现在距离天国之城只有百万公里的上空，并以大约每秒300公里的速度向城市俯冲下来。

很快，大地发出剧烈的震动，尖锐的警报声响起。智能监控系统感知到，天国之城受到了突然出现的一个强大引力，被拉向了引力源。预计将在三个标准时后相撞。

事实上，天国之城有力场防护罩以及数百个反物质发动机。如果及时打开防护罩，开动城市发动机并进入跃迁状态，是有可能逃出红矮星的魔掌的。但是这要求五名执政官的共同授权，而在"复仇女神"降临的所造成的大混乱中，一名正在参加竞选的执政官死于人流的践踏。另一名执政官无法联系到，以致延误了逃离的最佳机会。随后，温度迅速从300K飙升到1000K，超出了一大半种族的生存条件极限，几百亿既来不及穿上防护服，也来不及躲进耐高温建筑或飞行器的市民在高温中痛苦地死去，局面更加无法控制。随着温度进一步升高，一些不耐热的建筑也纷纷倒塌，像蜡烛一样融化。

停泊在城市各处的飞行器都紧急起飞，希冀逃过这场毁天灭地的大劫。空中如同蝗灾一样布满了各式飞行器，以至于大地一片黑暗，连天上的火海也一时被遮挡住了。飞行器很快纷纷相撞，像火雨一样陨落下来，将城市砸得千疮百孔。最终，大概有一百亿人成功逃生，但仅仅因为飞行器相撞而死亡的据估计就有上亿人之多。最后时刻，整座城市失重了，天与地猛地颠倒过来，万物脱离了地表，向着天上的火海"飞落"着，整座城市倒立着，向着火海深处坠去，直到化为一颗流星。而联邦政府所在的水晶球，成了率先滴向火海的，这天国之城的一滴泪水。一位目击者悲叹说："花之天国就这样坠入了火的地狱。"

这一事件在历史上被称为"死星的复仇"，但是据科学家研究，这很可能并非那种神秘力量的蓄意报复。可以确知的是，当时，某种力量在死星星系的边缘撕开了一道通向超空间的裂口，并将来犯的红矮星"吸"了进去。这道裂口与仅仅几个天文单位外的星门相互作用，导致附近的空间结构不稳，产生空间崩溃，葬送了数百万人的性命。同时，被扔进超空间的红矮星在没有引导的情况下，仍然要寻找出口。而天国之城附近的星门物质能量交换最为频繁，导致能量差，因此就被吸引过去，从那里"掉"

了出来。

无论真相如何，这次失败的计划几乎毁了银河联邦，在二十多届政府后才恢复了生气。此后，联邦将死星附近数光年都划为禁区，不论是商业旅行、科学研究、宗教崇拜，都一律禁止。再一次，死星从泛银河世界的视野中消失了，直到历史变成了传说，传说变成了神话，而神话变成了笑话。

四

在上述事件发生后不知多少岁月，在同一个地方，宏伟的星门已经消失不见，巨大的空间裂痕也被永恒的时间之手抚平。喧嚣归于沉寂，万有归于虚无。古代的教堂、空间站、博物馆、游乐场都已经消失得无影无踪，这里看上去只是宇宙中寻常之极的一个角落。

但此刻，一个意外的来客打破了这个空间亿万年以来的平静。一艘孤零零的飞船闯入了这片空间，并以亚光速向着死星飞驰。这是一艘相当庞大的飞船，从头到尾有十公里长，但看上去十分丑陋拙劣，像是一个顽童用一堆乱七八糟的铁皮随意拧成的模型，经过长期的太空跋涉，更是早已破烂不堪，看上去和太空垃圾没什么区别。不过，这个时代的宇宙旅行家一望可知，这是虫人的飞船。

虫人是一个新兴的种族，在百万年前才勉强登上银河世界的舞台。事实上，大部分文明种族并不承认他们有资格进入文明世界。毕竟，它们从未掌握空间跃迁技术，它们的亚光速飞船对于各大文明种族来说慢得如同低等动物的爬行。但不管怎么说，这是一个文明种族衰落的时代，虫人这样的半野蛮民族则蒸蒸日上。自十万年前从第二旋臂中部发迹以来，它们一直在向四周扩张，每一世代都有不计其数的巨型飞船前往附近的各个行星系建立殖民地。虫人的繁殖能力极为惊人，在几千年内，一个行星系就能达到饱和的状态，不得不将那些年轻人打发出去再次寻找新的殖民地。这种指数增长模式使得虫人已经成为几十万个星系的主人，并且对另外几百万个星系虎视眈眈。这简直是一场银河范围内的大蝗灾。有人开玩笑说，按照这个速度，再给虫人几十万年时间，他们能占领整个宇宙。除非某个强大的文明种族看不下去，开展全银河系内的除虫运动灭绝它们。但虫人们也乖巧地不去触动那些古老文明种族的固有地盘，反正除此之外的空闲星系还有很多。

这个挂在第二旋臂的一个支旋臂末端的小小星系，显然就是这一拨虫人的下一个殖民目标。

此时，在飞船上，侍卫官黑背正和年轻的虫后——这一批虫人的最高首领——结束了一次欢爱，依偎在窗前，用精巧的复眼一起凝望那颗刚刚显出些许轮廓的小小恒星，虫人们称之为"希望之星"。

虫后慵懒地说："这回本宫估计可以下两百个卵。"

"陛下，等到您诞育御卵的时候，应该已经在希望之星的阳光下，在某个行星的平原上安置王庭了。"

"嗯，不过还得解决吃饭问题。要是那个行星上还有碳基生物就好了，我们也不用自己去搞什么合成工厂、速成作物了，可以直接捉来饱餐一顿。"虫人是一种特殊的碳基种族，它们强大的消化能力几乎将一切碳基生物变成自己的营养。据说这十万年来他们将三万个星球上的三百亿种生物吃灭绝了。

提到生物，黑背忽然不说话，触角纠缠着，不自觉地做出了深思的表情。

"怎么，你还在想那个星系的禁制传说？"

"是的，陛下，虽然是无稽之谈，但臣总是担心万一是真的，那么我们恐怕——"

"可是我们出发前已经咨询过好几个古老文明种族的大使，他们说这些只是可笑的传说和迷信。"

"这些人可能不怀好意，陛下。他们说不定想让我们去做实验品。"

虫后不悦起来，"这些不都说过很多遍了吗？这是个不得已的目标，附近的星系要么已经被其他文明种族占据，要么已经被其他虫人殖民，我们已经没有选择。"

"是的，陛下，但恰恰是这一点让臣奇怪。我们虫人的殖民大军在五万年前就已经来到了这片星区，并且在其中数个星系殖民。几百代人的时间，周围能殖民的行星系几乎都被我们占光了，但为什么五万年来从来没有虫人入主过这个星系呢？我们虫人并不以历史记载见长，但是在臣查到的有限的记录中也已经有三次，我们种族的先驱企图征服这个星系，却一去再也没有消息。"

"你可能想多了，侍卫官。我们虫人的科技不发达，每次跨星系远航至少有百分之三十的事故率，这并不奇怪。我们出发的故乡星球，也是经过好几次失败的尝试才最终征服的。"

"但愿如陛下所言。"

一阵沉默后，虫后说："侍卫官，有一件事情本宫可以老实告诉你，事实上在出发时，那个传说也是本宫选择这个星系的原因之一。只是怕节外生枝，所以没有明说。"

黑背做了个表示诧异的触角势。

"本宫并不完全相信这些说法，但说不定有一些根据。毕竟那些古老种族占领过的星系，比咱们见过的还多。本宫怀疑这个行星系很可能是某个非常古老的文明种族的隐居之地，因此下了禁制，不允许其他种族进入。"

"陛下，您真的这么认为？"黑背惊恐地说，"那些古老种族可不是我们惹得起的。它们虽然对于征服宇宙早就失去了兴趣，但是不代表它们没有这样的力量。如果我们贸然闯入他们的地盘……大虫神啊！"

虫后微微一笑，"侍卫官，何必这么慌张呢？为了整个种族的繁荣，我们虫人从来不在乎自己的性命。假设真有隐居种族的存在，经过几十亿年的时光，它们可能也早已飞升到传说中的另一个空间去了。这次如果失败，我们最多搭上自己的小命，损失几万人而已。但是如果成功，我们可能获得一个科技和文明的大宝库，从此一劳永逸改变虫人因为科技落后而被人鄙视、任人宰割的命运，我虫族也可不受他人的白眼，自此屹立于宇宙高级种族之林了。"

"说得对，陛下，就是死也没什么好怕的，"黑背苦笑着说，"至少臣，那是一点也不怕。"

虫后妩媚地看了他一眼，轻轻地张开口器，伸出管状的舌头与他长吻着。黑背幸福地颤抖着，一会儿便将脑袋深深地伸进虫后那硕大的口器中，虫后将大颚与小颚合拢，把黑背的脑袋咀嚼着吞进了肚里。黑背的身躯倒在地板上，体液从颈部喷了出来，十二条腿还在一伸一缩。

半个时辰后，黑背的整个身体都进了虫后的肚子，黑背的血肉将成为供应给自己孩子的养料。三个多月后，孩子们就会出世。在新行星的大地上，捕食着本土的小爬虫小飞虫们，茁壮成长，一代又一代……虫后望着舷窗外的星空，心中充满了温柔之意。

呼叫器里传来的复杂气味打断了她的遐思："启禀陛下，我们即将进入该恒星的日鞘层。"

虫后紧张了起来，按照古老的传说，如果该星系有什么禁制的话，那么很可能就在这里。她想了想，命令飞船降低速度，然后自己卧进了一个特殊的凹槽里，并用头顶的触角按了凹槽侧面的几个键，很快，她就被传送入了一艘救生艇中。万一发生什么事故，她也许可以及时逃生。虫后闭上了眼睛，等待着命运的安排。

飞船进入了日鞘层。

一秒钟，两秒钟……差不多一分钟过去了，什么也没有发生。虫后不禁松了一口气，笑话自己如此沉不住气，准备从救生艇中出来，回到卧室中去。

就在这个时候，事故发生了。虫后忽然感到一阵晕眩，似乎有某种来自三维空间之外的巨大的震荡掠过了整艘飞船。随后信息传感器中传来表示危险的气味，驾驶员手忙脚乱地报告了几句，随即在虫人的一片慌乱中，飞船的核反应堆爆炸了，转瞬间，飞船内的一切都在毁灭性的高温和辐射中汽化。

唯一的例外是虫后。她在得知警报后，立刻发射出救生艇，及时脱离了母船。这艘小艇是由一种特殊的材料制成，原料是一种甲虫的壳，而用的也是极为古老的化学推进方法，燃料居然是虫人所蓄养的一种巨虫的粪便，能量反应非常低。或许因为这个原因，她竟逃过了那无所不在的神秘禁制力量，成为数十个银河年以来，成功闯入这个神秘星系的第一个来客。当然，她自己对此一无所知。

星海之中，孤独逃生的虫后感到腹中小生命的悸动。一个多月后，两百个孩子就要出世，她必须及时找到能够栖身的星球。一个个巨大的气态行星带着一串串千姿百态的卫星从舷窗外掠过，虫后都不感兴趣。救生艇上除了一些干粮，没有任何用来建设殖民地的物资，她必须找到一个本身有碳基生命的星球，才能够活下来。

一个月后，虫后终于见到了那颗蔚蓝色的行星，那个她梦寐以求的目的地。

在蓝色行星上，某个大陆的丘陵地带，日落时分，漫山遍野的蕨类植物正在夕照中摇曳。一块树干大小的子弹型物体从天而降，落在地上，砸出一个深坑，此后陷入了长久的寂静。

太阳在地平线消失之后，繁星初现时，舱门终于打开，刚刚苏醒的虫后踉跄着爬了出来。不知怎么，她在降落的那一刻忽然失去了一切意识，昏厥了过去，无法再操纵飞船，导致飞船几乎坠毁。

"还没有完，只要我的孩子们能出世……"虫后虽然已经在坠落中身受重伤，意识模糊，却仍然坚持着。她爬出舱外，尝试着用皮肤吸了一口气。令她欣喜的是，这个星球上的空气中含有一定的氧分，虽然稀薄得令她难受，但无疑可以呼吸。

虫后的十二条腿断了七条，爬了几步以后便无力再移动，只能平躺在地上，感受着腹中的悸动。她知道自己快死了，但几个小时后，孩子们就要出世了。孩子们出世后，以她的尸体为食物，将获得第一份养料。随后，他们总能在这个食物丰富的星球上活下去，繁衍后代，占领这个星球。

"我们虫人……什么都能吃……孩子们……一定能活下去的……"虫后意识模糊地想。

一阵地动山摇的脚步声打断了她朦胧的思绪，虫后扭过头去，惊恐地发现一群巨大的四足爬行动物迈着沉重的步子，向她的方向走了过来。虫后刚刚挣扎着滚到一块岩石后面，一个比她身体还大的脚掌就踏在了她刚才躺着的地方。然后一条颀长的脖颈伸了过来，一个和那硕大身躯毫不相称的小脑袋好奇地盯着她看了一会儿。

虫后这才发现自己的处境，在这个神秘的星球上，她看上去并不处于食物链的顶端。

好在这小头的巨怪对她没什么兴趣，很快就扭过了头，自顾自地吃起了高大的蕨类植物的枝叶，显然是植食动物。

不久，那群巨怪就去别处觅食了。虫后刚刚松了一口气，又被背后的一阵窸窸窣窣声惊动，她扭过脑袋，复眼中就看到一只覆盖着鳞片、五彩斑斓，比她自己略大一点的四足长吻兽饶有兴味地盯着她，似乎随时可能扑过来。

如果有任何虫人文明的武器在手，虫后都能在瞬间把这只蠢兽轰成渣，但她手头什么也没有。虫后只能摩擦着发音器，发出尖锐的威胁声，并挥舞着两只还能活动的上肢进行恐吓，但看来没什么效用。那怪物吐着舌信，一步步逼近，很快离虫后只有不到半个身体的距离了。它张开嘴巴，露出了满嘴的獠牙，然后扑了上来。

就在这时，虫后在绝望中猛地张开了受伤的翅膀，体积一下膨胀大了三倍，居然扑腾着飞了起来。怪物没想到眼前这只大虫子还会飞行，这回被吓坏了，扭头一溜烟地跑了。虫后挣扎着想要飞到一个安全的地方，但是刚扇动了几下翅膀就掉了下来，这个星球上的空气还是比母星稀薄很多，成分也不同，无法承载它的身体。

精疲力竭的虫后躺在地上，仰望着陌生的星空，分不清楚自己的母星在哪里。在遥远的宇宙中，她的同胞们在万千星球间往来，但是没有人会来救她。这个行星系好像一个巨大的黑洞，将它自身和文明世界分开，在黑洞中所发生的一切，外面的人看不到，也听不到。

虫后熬到了第二天的黎明，看到了那颗被自己的种族称为"希望之星"的恒星第一次在自己梦中的行星表面上升起。日出后不久，虫后就感到腹中一阵悸动，孩子们要出来了。但不知什么时候起，她发现自己身边已经围了一圈奇怪的小蜥蜴，它们虽然都有四肢，但是只用后足站立，颀长的脖颈撑起了灵活的小脑袋，弹来跳去十分灵活，并且都用垂涎三尺的目光盯着她肥大的肚子。

虫后几次发出威吓的声音和动作把它们吓退，但是一次比一次微弱。它们围成了一圈，偶尔发出"吱吱"的叫声，对虫后蠕动的腹部非常感兴趣。终于，从虫后的腹孔中，一只几厘米长的小虫人钻了出来，好奇地盯着外面的世界。

就在这时候，一只胆大的小蜥蜴跳上了她的腹部，一口叼起了虫后的第一个孩子，仰头吞了下去。虫后发出了疯狂的嘶吼，但是尝到甜头的小蜥蜴已经不把她的警告当回事了。更多的小蜥蜴跳到她身上，用嘴咬开了她的肚皮，黑黄色的内脏和白花花的卵流了一地。小家伙们发出兴奋的声音，低头大嚼了起来——一切都完了。

在可恶的小爬虫们啃掉她的脑袋之前，虫后还一直活着，睁着眼睛瞪视着初上天穹的死星。现在，所有的希望已经破灭，她脑中只有最后一个问题，那就是在这个神秘的星系中，在这个古怪的星球上，究竟隐藏着怎样的秘密？

无论如何，她永远也不可能知道了。

五

亿万年的时光悠然流逝。在数不清的世代中，新的银河国家出现了，又很快消失得无影无踪。一个个新的种族从时间洪流中涌现出来，登上泛银河世界的历史舞台，又以同样的速度离开。苍茫寰宇，并无新事。

然而，在看似纷扰无常的变幻中，一个历史性的趋势逐渐显明：泛银河世界日益趋向衰落。旧日的文明体系一个个衰亡或消失，而新的智慧种族越来越少，其成就也无法攀登到过去的高峰。古代那种可以称雄整个银河系数千万年的伟大文明早已不复再现，往往在几万年甚至更短的时间里，一个新兴的文明种族，或许还来不及跨出自己所在的旋臂，就消失不见了。

那上古的"死星"索莱斯，在最近的几千万年中，已经无人骚扰。在蔚蓝色行星上，盛极一时的巨大爬虫类消逝了，将生存空间让给另一种小得多的、用乳汁哺育后代的胎盘动物。它们很快繁荣起来，占据了天上、地下和海里的生态位的各个角落，万物来来去去，生命按照既定的速率进化着。

终于，在某块大陆的一条大裂谷中，有一些灵活的猴子从树上下来，学会了直立行走。他们发明了语言，制造了工具，学会了用火，顺便也褪去了一身的皮毛。不久，这些裸猿们从裂谷出来，很快散布到这个星球的各个大陆上。一个个狩猎-采集部落说着日益分化的语言，在森林和草原上东飘西荡，最初的礼仪、伦理、宗教、犯罪和战争也随之诞生。当泛银河世界日益萧条冷清之时，这颗小小的星球却变得史无前例地喧闹起来。

就在这一时期，泛银河世界走完了漫长的衰落之途，陷入了彻底的沉寂。在整个银河系中，在十万光年的尺度上，除了蓝星上刚刚学会仰望星空的裸猿之外，再也没有任何智慧生命存在的迹象。不知为何，一切生命的痕迹都已经消失，一切文明都归于寂灭。诚然，许多城市的建筑仍然存在，无数的飞行器仍在太空漂泊，但是其中再没有任何生灵活动。只有冷冷的星光还在照亮着这些昔日世界的遗迹，若干亿万年前发出的电磁波还在无尽的空间中飞奔着，向那光锥之外的广阔宇宙宣读那早已时过境迁的信息。

过去的事，无人纪念；将来的事，后人也不会追忆。

但宇宙的奇特沉寂似乎比蓝星上的喧嚣与骚动更加意味深长。在千万年的沉寂中，似乎有某种东西，某种超出银河文明能够理解的东西，正在耐心地等待着……

等待着最佳的时机……

某一个平平无奇的时刻，这时机终于来了。猛然间，整个银河系似乎都被某种东西震荡了一下。突如其来地，似乎在星系之"上面"的另一个空间，一个巨大的水坝打开了，无穷无尽的神秘之水流溢了出来，将银河系的千亿颗恒星都淹没在无边的神秘海之中。这种无限充沛的力量和智慧，这个星系之前还从未感受到。

几乎不需要花费任何时间，那无限的神秘之水就从整个星系汇聚到了一点：离死星大约一光年外的彗星云层中。在那里，它将整个星系的一切都收入其神识之中。刹那间，那远古的神祇在日鞘层处所安排的各种监察系统，防护体系和空间陷阱都落入这一意识之中，被一一破解。守护了亿万年的秘密已经不复存在，神识在自我满足的愉悦中发出了一个指令。转瞬间，神识的洪流已经穿过了一光年的距离，来到了死星星系不可侵犯的内部，并将那蔚蓝色行星包裹在它的意识之海中。

"银河系最神秘的禁地，我终于来到了这里。"那神识开始自言自语，又像是在对某个对象说话。这伟大的独白突破了时空的限制，在泛银河世界每一个角落里回响着，却无人去聆听。

"在二十多个银河年的洪荒岁月里，这个小小的蓝色星球，是银河系中最大的秘密。从没有任何力量能接近它，了解它，研究它，征服它。多少商船在这里消失不见，多少战舰在这里折戟沉沙，多少私人的探险队一去不返。这远古以来的禁制，从来没有任何文明种族能够了解和打破。是怎样的大能，布下了这样威力无边的防护系统？是怎样的智慧，可以轻易挫败任何智慧种族的进犯？是怎样的耐心，花费不可思议的漫长岁月，守护着这小小的星球？

"这一切只有您能做到，啊！伟大的神。神啊，我向您致敬。

"我曾被称为沙人，是这个星系除了您之外最古老的文明。二十多个银河年前，我们沙人一度是整个星系的主宰。整整一个银河年之久，我们都是这个星系当之无愧的主人。我们从上古时代起，就知道了死星索莱斯和它的禁制，古人曾把它记载在宗教经典里，一代代人对此尊奉不疑，我们知道这是我们无法逾越的伟力，绝不敢触犯。我们崇拜您，神啊，您是我们唯一知道的，超越我们自身的力量。

"但神啊，从那遥远的时代起，我们的心中就播下了挑战您的种子。战胜最高神明的梦想，从未在沙人的意识中消失。在我们文明的鼎盛时期，我们终于敢于违抗圣书的旨意，发动了渎神的战争，我们一度收集了上百颗恒星的能量，疯狂地轰击着这个星系；又将银核中的超级黑洞搬运到死星附近，妄图能将它及其行星都吸进那无底深渊；还制造了恒星规模的反物质炸弹，其湮灭反应足以毁灭半个银河系。但我们的狂妄进攻，在您的大能下，瞬间便灰飞烟灭，在死星星系上连一丝涟漪都没有留下。那一刻我们才了解了，在您的力量面前，我们的一切成就都像虫豸一样微不足道。

"您的伟大典范教导了我们。外在的权柄毫无意义，唯有提升内在的力量才能获得不朽。随着时间的流逝，我们逐渐厌倦了在宇宙中的殖民扩张，而将注意力转向自己的内心。终于有一天，我们停止了一切征服宇宙的尝试，而将全部的精力用来沟通彼此的心灵。每一个心灵对他人来说，都是一个新的宇宙；每一次心灵的交融，都相当于一次文明的提升。而当我们将所有的沙人心灵都合为一个个体的时候，我们相信，自己终于跨入了神的行列。我们——不，'我'再也不需要肉体，就能够以纯粹意识的形式从星系的一端飞跃到另一端。我用意识拥抱着整个银河系。

"在这次飞跃之后，我花了十来个银河年冥思这个宇宙的奥秘，来提升自己的心灵，这几乎是无限漫长的岁月，但对思维的心灵来说，又仅仅是一瞬间。终于有一天，我终于明白了这个宇宙最深层的奥秘，也明白了诸神创造沙人的目的。我的存在，就是为了将整个星系的生命，所有智慧的和原始的意识，都融为一体。当这一崇高的目的最终达到时，银河系本身将成为一个智慧生命。我就将成为它的意识本身，从此直到永远。

"领悟到这一切之后，我在这个银河系中伸出意识的触手，去拥抱一个个文明，让它们和我融为一体，成为我的一部分。请不要误解，神啊，这一切完全出于自愿，毫无强迫。当一个文明发展到一定阶段，就会接触到我的意识。他们将我视为神明，而诚惶诚恐地愿意侍奉我，和我融合。没有任何毁灭，没有任何死亡。每一个文明中的每一个生命都在我之中。他们只是一时失去了意识，而当他们醒来的时候，就会发现自己已经成了'我'。我就是一切，一切也就是我。

"历经亿万年的光阴，一切的文明已经和我融合，一切的意识融汇为一点。我不再是沙人，也不仅仅是单个沙人的融合体，我是四百二十三万七千六百二十九个文明种族的总和与凝聚，是二十五个银河年的岁月结晶，甚至可以说我是这个银河系的意识本身，只除了你，神秘的神啊。最后，我终于来到你面前，在又一个二十个银河年之后，我仍将和你做最后的对决。我要深入你深藏的内心，了解你至深的奥秘，最后和你融为一体。请允许我这样的僭越，神啊。"

在完成了这一系列的自白和宣言之后，银河系的至高神识静静地等待着回复。但回复它的，只有一片寂静。纵然将神识蔓延到千万光年外，甚至超空间中，也一无所获。

神识微微波动着，在无边智慧的思维场中，泛起自嘲的波纹。

"果然如此。正如我所预料的，远古的神族早已死去，留下的只是无意识的自动防卫系统而已。这是一场根本不用打就已经胜利了的战争。

"但是，防卫这个小小的星系，更确切地说，是这颗小小的蓝色行星，有什么意义呢？这里的生命，看上去平平无奇……无论如何，这个秘密我很快就会知晓。"

神识将无数的触角伸向这个行星，想要探索那古神最后保守的秘密。但被一道无意识的深渊隔开，根本无法触碰到数万公里之下行星的表面。

"原来如此。"神识释然地明白，"古神的最后一道禁制，超波屏障。"

"不久之前，我还无法对付这种超级技术。然而现在，一切早已不是问题。本质上，无非是用紊乱的超波干扰有秩序的意识波流。找到干扰源，一切就迎刃而解了。"

神识冷笑着，略微探索了一下，便在十一维空间中找到了超波的来源，轻轻一划，将其抹平。牢不可摧的意识屏障消失了。现在，这颗行星对它已经完全开放了。

神识志得意满，向着小小的行星沉降了下去。几乎不需要任何时间，它就能将这个行星上一切意识都掌握在手中，让它们和自己融为一体。这是它早已反复操练过几百万次的。

然而，什么也没有发生。

当神识从兴奋中回过神来时，发现自己仍然在"沉降"的过程中，却几乎一丝一毫也没有移动。它诧异地又做了一次尝试，依然如故。觉察到不可测危险的神识立刻想从中抽身出来，在刹那间瞬移到银河的另一边去，可是仍然无用，它根本无法改变自身的任何状态。一切都"僵住了"。

神识很快察觉到了问题所在：僵住的不是别的什么，而是时间本身。

更确切地说，是时间对它僵住了，它那无限丰富而迅捷的思维被禁锢在了一个几乎无限小的时间缝隙里。那可以毁灭星系的伟大力量，都因为依赖于时间的维度而无法施展。

超空间跃迁，微空间变形，不连续时空转移……一切的尝试都归于失败。整整十亿年以来，神识第一次感觉到了愤怒。不久又感受到了恐惧、无奈和绝望。经过数十亿年的岁月，它在那神秘对手面前，还是无力得有如婴孩。不知所措的它甚至发出了惊惶的乞求，却得不到任何回应。

然而不久后，"信心"拯救了它：神识相信自己拥有无限的生命，它可以等下去。真正的决战尚未开始，它要平心静气，在未来的对决中积蓄力量，准备反击。它将自己的意识活动降低到最低状态，耐心地等待着时间禁锢的失效。对于这种休眠状态来说，亿万年的岁月，也不过是一霎而已。

神识的估计没有错，它的煎熬并不是无限的，而只经历了一段"有限"的时间。

但这段主观体验中的时间，漫长得连拥有数十亿年生命的神识都无法想象。如果将那段时间比作漫长一生的话，那么将那数百万文明中的数万亿个个体的心灵曾经体验的全部时间加起来，也仅仅等于这一生中的一秒钟，甚至更短。

即使是伟大的银河之神识，也无法承受如此漫长的等待。在无穷无尽的等待中，它终于崩溃了，麻木了，忘却了……

当时间禁锢终于消失，那伟大神识最终接触到蓝星的地表时，它已经丧失了一切的记忆、智慧和雄心。事实上，时间的流逝还不到一秒钟。而银河所产生的最伟大力量却已经支离破碎，再也产生不了任何威胁。

那一刻，沧海桑田。

不知什么时候，周围起伏的生命场让这曾经主宰银河的神识微微醒来。在模糊的知觉里，它用尽最后一丝力量抓住了附近一个原始的意识，想要吞并它来恢复自己。但神识忘记了，自己早已羸弱到了极点，这种举动和自杀毫无区别。两种意识甫一融合，神识那脆弱的信息场就被野蛮而强健的原始思维摧毁。瞬间，这个曾经是银河系中最强大的力量，就被吸纳进了那懵懵懂懂的原始意识中。

在一个人人披着兽皮、拿着石斧的狩猎小队里，一个青年猎人忽然停下了脚步，捂住了头，神色痛苦而茫然。

"你怎么了，罕？"同伴诧异地问道。

罕迷惘地抬起头，努力思索着，望着天空。

"没啥，就是有点头晕。走吧。"他最终说，大步流星跟上了队伍。

在罕以后的生活中。他添了一种奇怪的毛病，有时候会望着星空发愣，说些自己也不明白是什么意思的话。

"好像俺前世生活在天河上面，曾经活过好多好多辈子。从一颗星星飞到另一颗星星……"他有一次发傻说。村里的巫师以为他要抢自己的饭碗，于是宣称他中了邪，绑起来狠狠鞭打了一顿，打得他连连求饶才作罢。从此他多了一个绰号："天上来的罕。"这个绰号与他相伴终生。

不过在他以后三十多年的生活中，先后娶了三个老婆，生了五个儿子和四个女儿，生活宁静而幸福。罕五十多岁的时候，在一次狩猎中，被一头豹子咬伤而突然去世，这是一个猎手光荣的归宿。家人们带着平静的悲伤埋葬了他。

以及整个银河系四百万个种族五十亿年的光荣与梦想。

六

一万九千个蓝星年过去了。蓝星的表面发生了翻天覆地的变化，首先出现的是农业，昔日覆盖大部分陆地的森林相继为整齐划一的农田所替代，随后一座座城市拔地而起，一条条道路贯穿大陆，一支支船队扬帆四海。不久，烟囱林立、黑烟缭绕的工厂也一片片兴建起来。火车、轮船、飞机等迅捷的交通工具也像雨后春笋一样地冒了出来。然后，在几次覆盖蓝星表面的血腥战争后，蓝星人将注意力转向了太空。继发射了人造卫星后，他们一鼓作气在近地轨道上建立了空间站，并登上了三十八万公里外蓝星唯一的卫星。

蓝星文明产生和发展的历史岁月，在泛银河世界中实在短暂得可怜。还不够蜉蝣一般的红超巨星一个呼吸的时间。如果将泛银河世界历史上的诸伟大文明比作成人，那么蓝星文明连婴儿都算不上，充其量是刚刚形成的胚胎。但所有昔日的文明种族都已经沉寂，泛银河世界已成为无人记忆的往事。这些年来，在银河系的各个角落，又有几百个新的智慧种族进入了初级文明，挣扎着飞出了自己的行星。他们对过去的几十个银河年的往事一无所知，只是满怀雄心壮志，要去征服万千星河，探索宇宙最深的奥秘。蓝星人也是其中之一。他们浑然不知自己曾是这个恒星系最受人关注的存在，只是对外部世界充满了好奇，正如外部世界曾对他们充满了好奇一样。

蓝星历2075年初夏，整个蓝星都把目光凝聚在近地轨道的一个闪烁的光点上：这个星球上的第一艘载人恒星际飞船，质量达一万三千吨的"星火号"已经在太空站组装完成，将在今天出发，带着十一名宇航员，飞出这个行星系。它带着一个近十万平方米的太阳帆，将借助死星的光压和各大行星的引力加速，最终以百分之三的光速飞向距离蓝星十二光年的一颗恒星，并在四百多年后到达那里，这颗恒星带有数个和蓝星相似的行星，很可能有生命的存在。在这四百年的旅途中，十一名宇航员将进入冬眠，直到进入目标星系才会被唤醒。他们将在那里根据具体情况，进行若干年的探测并补充燃料，然后又踏上四百年的归途，在八个半世纪后才会回到家乡蓝星。

这个宇航计划是星球上的一个刚刚复兴的古老大国所开展的。它曾在全国范围内引起了巨大的争议，耗费数千亿的资金，却至少要等到四百多年后才可能看到结果，看上去缺乏实用意义。何况人类几乎肯定会在接下去的几个世纪中造出更新更快的飞船，可能只要几十年就能到达目的地，那么之前的四百年远航就更是毫无意义了。反对意见一度占据了上风。对这个计划来说，幸运的是，一位名人的一句话拯救了这个计划，他说："宇宙召唤着我们。我们不能等到一切都准备好了才开始，否则我们永远也不会开始，现在，就必须开始！"

打动人们的并不是这句话的逻辑力量，而是说话的人。他是全国家喻户晓的一位科幻作家，他的作品风靡全国并被改编成多部电影。他的支持扭转了舆论，点燃了埋藏在这个国度心灵深处的探索激情，为太空计划争取了近亿名支持者。于是一切在艰难中起步了，在二十多年的筹备后，终于，"星火号"吐着光焰，载着十一名宇航员，飞向人类从来未曾涉足过的宇宙深处。五十亿人通过全球直播观看了人类第一次飞向外星系的壮举，整个星球为之欢呼。

日落时分，在一座海滨城市的假日海滩上，许多人伸长脖颈看着天空。根据计算，"星火号"将在出发后十分钟经过这座城市的上空。很快有人看到了飞船的踪影——一个移动的闪烁光点——并兴奋地指给身边的同伴，人群一下子沸腾起来，向着天空招手欢呼。安在周围的摄像机将他们的动作拍下来，通过无线电波传到飞船上，宇航员们也亲切地挥手致意，向同胞们问好。这些画面又随着无线电波传回到大地，显示在海滩旁竖立的电子屏幕上。

在离喧闹的人群几百米外，一个容貌普通的中年男人躺在海滩上，仰望着在天上移动的飞船，神情恍惚，似乎陷入了沉思之中。

"嗨，帅哥，在想什么呢？"一个娇柔的声音打断了他的遐思，男人回过头看到，一个金发碧眼的泳装女郎走到他身边，半蹲下来，亲昵地拍了拍他的肩膀。

中年男人略微一怔，但目光一闪，已经认出了对方，扬了扬眉毛说："凯蒂，是什么风把你吹来了？"

"来看看老朋友不行吗？张，你可说过，随时欢迎我的。"

"当然欢迎了，不过没想到你是……这身打扮，真是漂亮。"张打量着她。

女郎咯咯笑着，"你想做点什么？我随便啊。"

张耸了耸肩，"得了吧，凯蒂。"他上身直起来，指着身边的一瓶啤酒，对女郎说，"来点吗？"

"免了吧，"女郎忙摆手，"你们碳基生物们的饮料我是永远无福消受的。"

张笑了笑，自顾自地斟了一杯酒，一饮而尽，说："是长老会让你来的吧。"

"张，他们需要你，特别是需要知道研究的进展。你也知道，时间不多了。"

"我知道，我很快会回去向他们报告的。实际上，我打算明天——就是这颗恒星（他指了指落日）再度升起后，就动身。"

"这么快？我以为你还会在这个星系再待一段时间呢。"女郎有些诧异地说。

"没必要，我要做的都已经做完了，一切已经结束了。今天，是我留在这里的最后一天。"

女郎在他的身边坐下来，说："是吗？让我猜猜，是不是和那艘原始飞船有关？"

张没有正面回答，又倒了一杯酒，饮了一口后才慢慢说："凯蒂，我们认识也有上百亿年了吧？我从来没有向任何人说过我的过去。你想听吗？"

"我也没有说过我的过去啊，"凯蒂咯咯笑着说，"今天我也可以告诉你这个秘密，要不要听？"

"好啊，那你先说吧。"张笑着说。

"我诞生在一片星系间的冰冷云团里，在纯能化之前，我的躯体是一种八足三头的硅基节肢虫，要多丑有多丑。而且没有智力。说白了，我们根本不是一个智慧种族。"

"没有智力？开玩笑。你为长老会解决了十多个重大的基本数学问题！"张有些惊讶。

"真的，"女郎叹息着说，"我的种族没有自身的智力，但有一种奇特的学习能力，能够迅速模仿其他种族的思维方式。也就是说，当没有文明种族来造访我们的时候，我们只是一群低等动物；当有外星球的客人来的时候，我们就能迅速获得和他们一样的思维能力。"

"是嘛，你的种族真是不可思议。"张赞叹说，"不过这也没什么啊。"

"是啊，本来是让人羞耻的过去，不过纯能化以后，这些都意义不大了。"凯蒂说，"我想你的过去肯定更有意思一点。"

"多谢你分享你的秘密，"张笑着说，"其实我的过去也很简单……某种意义上，我的过去，就在这里。"

"你不说我也能猜到一些，"女郎说，并指了指周围的人群，"这些就是你曾经的世界，你曾经的星球，你曾经的同胞。至少看上去是如此。"

"哦？你怎么知道的？"张有些讶异，"上次你来的时候，这个星球上没有出现多细胞生命呢。"

"这也并不难猜，"凯蒂微笑着说，"八十多亿年之前，你看中了宇宙中这个最偏僻的星系，将它当成后花园。一次次摆弄调整它的形状，直到让你满意为止。然后你从这里的一片星云中培育出了一颗恒星，位置、直径、质量、光度等等参量都精心设计，并且创造了若干颗行星。每个行星的大小，结构和轨道都有精确的安排，仿佛是依据一个样板来的一样。

然后你设下层层禁制，不允许这个星系中的任何力量接近这个行星系，特别是这颗蓝星。"

"虽然整个宇宙中没有人知道你在这个行星系里做什么——长老会的人也不便过问——但一定和这颗行星上的生命有关。我想你也精心设计了这个星球上的生命体系，并且安排好了特定的进化路线。为的就是进化出这些无毛两足动物，你昔日的同胞。"

"没错，"张说，"不过你怎么能看出来这些人是我的同胞？"

"我们可有几十个银河年都在一起共事，不要忘记我能学到你的思维方式。这些年你变换过亿万种三维形象，大概只有两三次是以这种生物的形象出现的。但你知道我为什么对这个形象印象尤其深刻吗？因为每次当你以这种形象出现的时候，都是特别庄重或者肃穆的场合。所以我猜到，这大概就是你本来的自己。这次来到你的后花园，看到了这个和当初你一样的种族，更让我彻底明白，为什么你如此偏爱这个小小的星系。你……是在复制自己的故乡吗？"凯蒂说。

"没想到你是我的知己，"张沉默了一会儿后说，"你猜得不错，我出生的那个世界和这个世界的这个时代十分类似。我的同胞们逐渐从蒙昧的时代觉醒，科学和技术进入了突飞猛进的时期。人类刚刚迈向太空，但绝大多数人还生活在行星表面，我们的生命短暂得像 μ 子的半衰期，从来也不敢梦想自己有朝一日能永生不死，在群星间往来。"

此时，太阳已经落下去了，在深蓝的夜幕之上，夏夜的群星初上，熠熠发光，组成各种美丽的形状。

"看这些星星，"张微有酒意，说，"我特意将它们安排成和故乡所能看到的形状一样，每次看到都让我想起童年。可惜这个世界的人类给它们起了一些稀奇古怪的星座名称，全给糟蹋了……当我还是一个孩子的时候，就拿着粗陋的望远镜，仰望着星空，渴望着有朝一日能够在群星间翱翔。后来，对宇宙的兴趣让我成了一名天体物理学家，可以研究群星的秘密。可是我仍然在大地上，过着普通人的日子。"

"就在我找到了未婚妻——就是共同抚育后代的家庭配偶——并打算结婚的时候，一个星际探险的计划正式展开了。听到消息后，我的血液都要沸腾了，觉得终于找到了人生的目标。我立刻去报了名，并且顺利入选。为此，我和家人、朋友、未婚妻都闹翻了。但我毫不后悔，毅然决然地踏上了飞向星际的征途。

"就这样我离开了故乡，第一次进入太空，看到了自己居住了二十多年的大地变成一个蔚蓝色的球体，然后越来越小，变成一个蓝色的光点，最后消失在视野中。随后我冬眠了五个世纪，当我醒来的时候，发现航行出了意外，飞船发生了机械故障，大多数船员的冬眠器损毁，他们都死了。活着到达目的地的，只有我和另外一个宇航员。幸运的是，这里居住着一个文明高度发达的智慧种族。他们友好地接待了我们，并且教给我们许多先进的技术，譬如生命无限延续和超空间跃迁的能力。从他们那里，我们第一次听说有泛银河文明的存在。

"十多年后，我们驾驶着改装后的飞船满载而归，并且通过瞬间的跃迁，比预定时间提前了五个世纪回到故乡。但是我们看到——我永远不会忘记那恐怖的一刻——那蔚蓝色的故乡已经不复存在，取而代之的是一个破碎的半球，熔岩覆盖着大地，周边还围绕着一个由喷射到太空中的地幔物质形成的一个环。一切文明——不，一切生命的迹象都已经消失。其他各大行星也都七零八落，面目全非。从某个人类太空站残留的信息中，我们才知道，在两个世纪前，有一个野蛮种族的殖民舰队来到这里，把所有的行星都掠夺了一遍。我们的故乡星球尝试进行抵抗，结果在瞬间被摧毁了。"

"我很为你难过。"凯蒂说。

"这其实也不是什么稀奇的事，"张叹息说，"根据统计，在任何一个银河里，一个有生命的星球能够不受干扰地产生出星际级文明的概率只有0.9%，绝大多数都因为各种自然或人为的原因被扼杀了。只是我的同伴无法接受这一事实，不久后就自杀身亡。我也几乎要发疯，险些走上同样的道路，只有复仇的念头让我坚持活了下去。我携带着飞船上保留下来的有关故乡的全部信息，回到了那个外星文明种族那里，他们收容了我。我在那里居住了几个世纪，如饥似渴地学习各种知识和技术。后来，我跟着另一个文明种族的大使，去了星系另外一头游历了十万年。从此，我就在整个星系中过着游荡的生活，从银盘的一边到另一边，有时在一个原始星球上茹毛饮血地住几千年，有时又跟着某条舰队闯荡未知的旋臂。从程序员到行吟诗人，从国家元首到星际海盗，我统统都当过。

"但是我再也没回过自己的故乡，我不敢再见到那惨绝人寰的景象。一百万年后，我最终找到了曾经毁灭我的故乡的罪魁祸首，但那个种族早已经灭绝多年了，复仇自然不可能了。我不知道自己还能做些什么。生活令我厌倦，我尝试着融合进其他种族的意识中忘却自身，但几百万年后又脱离出来。我始终无法摆脱记忆的纠缠，于是我最终决定尽一切努力，让那古老的故乡重新复活。如果不能复活，就创造一个新的故乡。

"我走遍了整个星系，访问了千万个伟大的文明，但是没有任何智慧和力量能做到这一点。于是最终我飞出自己的星系，去访问宇宙中亿万个其他的星系，那时候我根本不知道中央世界的存在。在一堆蚂蚁窝之间转悠，还傻乎乎地以为在遍游宇宙，真是井底之蛙……十来个银河年后，我才终于到了中央世界，一切又从头开始。后来的事，你大概知道了。阴差阳错，我得到了长老会的赏识。"

"这不奇怪，长老会一直想解决时间之矢的问题，却陷入了思维的僵局而无法自拔，你的新颖提议令我们感到振奋。"凯蒂说。

"我并不是天才，凯蒂，并不比你或者其他智者更聪明。事实上，是我比你们都笨，还保留了太多的原始思维和情感，所以才可能看到某些你们忽略的地方。因为你们一直想的是怎么逆转熵，也就是逆转时间的方向，我知道此路不通，我自己已经琢磨了多少个银河年而一无所获。所以我告诉你们，唯一的方法是创造一个新的宇宙。在那个宇宙中创造新的世界。但怎么能做到，我也没有办法。"

"不管怎么说，你提出了许多有价值的设想，包括最关键的超统一方程式的一些重要部分。所以长老会才不吝送给你一个星系。要知道，在这个宇宙中已经有90%的星系都熄灭了，现在充满年轻星体的星系可几乎是稀缺资源了。"

"对我来说，这是必需的。唯有在这里我才能感到内心的平静，获得思维的灵感。否则我无法工作。"

"不过我还是不明白你为什么要花几十个银河年重复漫长的进化过程。你绝对有能力直接将你的种族创造出来，并教给他们文明。这不是更方便吗？"凯蒂问。

"我曾经试过，在最初得到这个星系的时候就试过。我创造了和我形体一样的种族，并教给他们文字和科学。他们曾经像对神一样崇拜我，但是他们是无根的种族，没有历史和传承，也不懂得艺术和美，他们根本不像我的族人。他们对待生命的态度，交配和繁殖的模式，以及社会的阶级构成都让我感到陌生。就在这时候，我去了中央世界一段日子，等我回来后，他们已经变成我几乎认不出的怪物了。他们自称为'沙人'，自以为是神的子民，是这个星系的主人，征服了万千恒星。我最终放弃了他们，决定从头创造一个新的故乡世界，通过一丝不苟地重复漫长的进化史让我的世界复活。反正还有几百亿年的时间可以消磨。

"我耐心地在这个星球的原始海洋中播下生命的种子，让它们按照我控制的速率和方向去进化。我按照自己知识中的进化过程，让这个星球重演了上百亿年前宇宙彼端的另一个星球的进化历程。我并不急于让智慧人类再现。我已经等待了几十个银河年，不在乎多等几十个。有时候我甚至希望他们不要那么快出现，我享受的是这个历程，这种期盼，这种希望。

"不过时间还是一眨眼就过去了，二十多个银河年，就好像二十多天一样短暂。最终，我的同胞们复活了。的确，我希望能完全复原那早已逝去的古老文明，为此我甚至安排这颗行星的大陆形状都和我的故乡的一样，但是并不成功。历史与文化中充满了混沌效应，我既无法回到开端的原点，也没法控制历史的具体走向。最后，他们仍然走过了不同的历史，讲着不同的语言，建立不同的国家。那个过去的世界，永远不可能再现了。他们并不完全像我的同胞，漫长的进化过程和迥然不同的历史发展赋予了他们太多不一样的地方。

"但在这个世界深处，还是和那旧世界有一些共同之处。他们的一言一行常常令我感到亲切。我能够理解他们，他们虽不算我的同胞，却是我的苗裔，我的子孙。我照看了他们整个历史进程，但如今，他们的宇宙飞船也已经驶向外星球。他们长大了，不再需要我的保护。在这个银河中，他们目前也不再有强敌，该是我离去的时候了。"

"我想我理解你，张。"凯蒂若有所思地说，"但是又不是真的理解。我能理解你，是因为我能学到你的思维方式。但是永远只是表面的，而无法深入那最深刻的内核。我的种族没有自己的文化，我们的文化和思维都是从其他文明种族那里学来的。所以我们是一个无根的种族，没有自己的认同，所以我实在无法真正明白你对自己那已经灭绝了亿万年的种族的眷恋。你看，我就是一个永远向前看的人。自从离开了家乡后，我根本没想过要回去。我现在也不知道那里的同胞究竟怎么了。反正每一个文明种族都会衰亡，这是宇宙间永恒的规律，我想，只有放弃自己特殊的种族认同、特殊的生活记忆、特殊的历史与文化，投入到宇宙的变易洪流之中，才能与时俱进，永葆青春。"

张笑了笑，说："是的，我也很欣赏你的生活态度，甚至可以说是羡慕，这是我无法做到的。不过你有没有想过，这个宇宙也会衰亡的。到宇宙衰亡的那一天，除了记忆，我们还有什么？如果记忆对你没有意义，那还有什么是有意义的呢？"

这话让凯蒂浑身一颤。

"我没有仔细想过这个问题，"沉默一会儿后，凯蒂终于勉强地说，"这个念头多少让我不快。不管怎么说，我的信仰是天无绝人之路。达到永生那么多年后，我已经无法想象死亡了。这也就是我来这里找你的原因，你现在在超统一方程式上有多少进展？老实说吧，我已经等不及要去那个即将出现的新宇宙中享受人生了。"

张露出了一丝古怪的笑容："你一直就想问这个，不是吗？我确实取得了一些进展，但也许并不是长老会所希望听到的。不过今天，我不想讨论这些问题。你也不用着急，没多久之后，我就会在中央世界向那些满脸苦相的长老们报告了。今夜还是让我们来看这美丽的星空吧。"

此时，夏夜的星空已经完全浮现，繁星漫天，一条天河横贯天顶。一个个星座流光璀璨，神秘的星云若隐若现……在这个世界的人们的眼中，这一切有说不出的深邃美丽。但从凯蒂的眼中看来，这幅景象像路边水沟里的泡沫一样平平无奇。

"我想这是属于你一个人的星空，"她撇了撇嘴，"我不打扰你欣赏夜景，先走一步了。一会儿回中央世界再见吧。"

张点点头，没有说话，做了个告别的手势。凯蒂微微一笑，站起身来。一刹那间，她的身体划过一道复杂得无法形容的曲线，一下子消失在地平线之外。

夜深了，狂欢的人群逐渐散去，海滩渐渐沉寂下来。

张手中端着杯酒，凝神注视着天空的一个角落，目光发亮，良久不动。

用一般种族的眼睛来看，那个星区是一条璀璨的银河，数不尽的恒星像大街上的灯火一样照耀着这个欣欣向荣的星系，把弥漫于空间中的星际尘埃和气体云渲染成一道道绚丽的霓虹。然而在张的注视中，那些纷繁的恒星和星云全都消失了，整个星系都被他甩在身后，他面对着广袤无边的永恒黑暗。

张调整了一下自己的视力，刹那间，那些数百万、数千万光年外的星系都像是被张的目光点亮，串成长长的一丝丝、一缕缕的星系簇，像在黑暗空间飘飞的杨花。其中任何一片杨花都是由上千个星系组成的，而随便一个星系都有这个银河系的规模，包含上百亿颗恒星和数以百万计的智慧文明。他们有的正在整个星系内昂首阔步，以为自己是整个宇宙的主人；有的刚刚从冰封的地层中破土而出，呆呆地凝望着天上的星空；有的早已衰老得奄奄一息，乘着破旧的幽灵船队漫无目的地游荡在群星之间……

不过这一切，张都不感兴趣，他眨了一下眼睛，那些星系簇又统统熄灭。他的意识沿着目光的轴线，飞越无边的空间和百亿年的时间，一个个星系出现又消失，像不断被掠过的路标一样指向那早已消失的星系。终于，那个小小的光点出现在他的虚拟视网膜上：古老的本星系团。张很快从中辨认出了那个远古的、真正的银河系，一百二十亿年前的银河系，正在一百二十亿光年之外熠熠发光。那小小的一点微光啊，像一只濒死的萤火虫，而曾经有多少代人以为那就是整个宇宙本身。那么，那个过去的太阳呢？张试图辨认太阳系的位置，但无法从银河系那朦胧的光斑中分辨出任何单独的恒星来。张自嘲地笑了笑，纵使他有神的大能，也无法从这一点微光中看出旧日太阳的灿烂阳光，更不可能认出在太阳的庇荫下泛着淡淡的蔚蓝色光辉的小小行星。虽然他知道，他所看到的那一点点微光，必然蕴含了一百二十亿年前那尚未毁灭之时的古老故乡，蕴含了一百二十亿年前拿着简陋的望远镜凝望星空的他自己……

张深深地吸了一口气，闭上了眼睛。他似乎看到了在那个早已毁灭的星球上，在那个连历史都已湮灭的古老国家，在那个似乎从未存在过的城市中，在那条仍然清晰记得却又无比遥远的街道上，一百二十亿年前的他自己，一个小小的少年，和同学们一起，欢笑着走向红旗招展的学校；一个茁壮的青年，在另一座城市的大学中贪婪地汲取着知识；一个腼腆的男生，在月光下吻着一个更腼腆的白衣女孩；一个刚强坚毅的男人，在登上飞船前的最后一刻，向泣不成声的家人挥手，忽然泪水冲出了眼眶……他本该和同时代人一起过完渺小而温馨的一生，然后在儿孙的簇拥中平静地死去，而不是一百多亿年后在宇宙尽头的另一个星系，用漫长的进化过程让早已灭绝的人类再度诞生在这个世界上。让他们重新经历那些奴役与革命、战争与和平、光荣与屈辱、爱情与死亡……然而最终仍然要归于热平衡的寂灭，无法逃脱的永恒宿命，正如这个宇宙本身一样。超空间跃迁、超波屏障、时间停滞……这些无与伦比的神性，仍然建立在简单朴素的物质基础上，并永远逃不开其根本原理的制约：有生就有死。

整个宇宙都沉默不语。张摊开身子，躺在沙滩上，感受着大地那似乎能承载万物的力量，不知不觉中泪流满面。听着似曾相识的海涛声，张喃喃自语着，用一种已经消亡了一百二十亿年的古老语言："那是地球，我的——地球。"

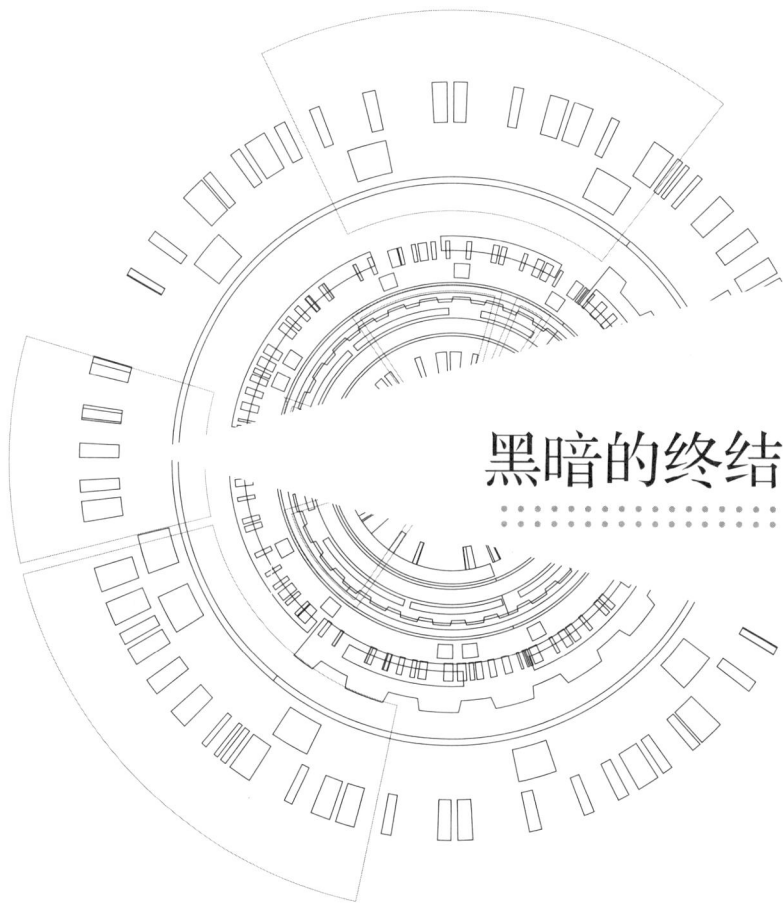

黑暗的终结

1

　　故事的开头早已无从寻觅。但多少可以追溯到宇宙中一个偏僻角落里，那个叫作"地球"的不知名行星上。按照那个行星文明的纪元，故事应该发生在公元前1628年的地中海克里特岛上。那时，正是米诺斯文明的鼎盛时代。

　　一个夏天的夜晚，夜空中繁星若海。灿烂的银河横亘在天穹上，将银辉洒向夜幕下的海面，变成千万片粼粼的波光。海上片帆点点，远处，一艘扬着帆的商船正驶向海天之际。

　　海边的一块礁石上，一个白衣少年静静地坐着，脚下的海浪经久不息地拍打着礁石，而他正出神地凝望着刚刚从海上升起的猎户星座，灵魂如飞到了千万里之外。

　　"阿尔戈斯！"有人在背后叫他，打破了他的遐想。

　　少年讶然回头，看到一个颀长的青年站在自己背后，他穿着上层贵族的绯红色袍子，袍带在晚风中猎猎作响。

　　"哥哥！你怎么来了？"

　　"我猜到你会在这里。"哥哥微笑着说，"父亲不让你跟那些商人出海游历，你一定很不开心，一不开心就会到这里来，让海上的美人鱼们帮你平复愁绪。"

少年注视着在天际变成一个小点的帆船，叹了口气说："真的有美人鱼吗？我很想跟海商们去海外看一看呢。"

"可那些商人也不过是去埃及和利比亚而已，远远没有到大海的尽头。你是看不到美人鱼的。"

"哥哥你说，大海的尽头到底是什么？"

"老师没有教给你吗？大海四面都被陆地包围着，只有西面是一个海峡，那里的海岬上立着一根赫拉克勒斯之柱，那就是我们已知世界的尽头。"青年说着，在少年身边坐了下来。

"不，我不是问已知世界的尽头，我是问大海本身的尽头。赫拉克勒斯之柱外，仍然有着海洋，不是吗？"

"嗯……是的，一些去过那里的旅行家说，赫拉克勒斯之柱外的大海无边无垠。"

"但人们说大海总有一个尽头。据说极西之地有一个悬崖，海水就从那里倾泻下去，落到虚空之中。"

"这我就不知道了，但那位著名的门修斯祭司告诉我，或许事情并非如此……"

"告诉我，哥哥，这是怎么回事？"少年急切地问。

"他说，大海是没有边界的，船开上一千里、一万里也到不了它的边缘。克里特岛，不，整个已知世界在那片大海上，就像水池里的一片浮萍一样微小。而在无边的海洋上，可能有几千几万个像克里特一样的岛屿，岛屿上同样住着人……不，也许不是人，是精灵或者巨人……"

"这倒像是亚特兰提斯的传说……这么说，它真的可能存在？"

"当然，而且那个祭司说，不只是亚特兰提斯，或许在大海上，像亚特兰提斯那样的岛屿还有成千上万个呢……"

"他是怎么知道的呢？"

"他是祭司，当然什么都知道，那是诸神指示他的。"

"嗯，可是，"少年忽然想到了什么，紧张地说，"如果真有那些海外的人，他们来到克里特岛，会做什么呢？也许他们都是强大的巨人或者巫师，随便就可以杀光我们，并占领我们的岛屿，得到我们的宫殿、田园和女奴……"

"可他们为什么要这么做？"青年愣了一愣。

"哥哥，克里特是一个很大的岛，我们贤明的祖先在这里生活了上千年。但是最近几百年来，这里也已经人满为患。我前不久看到了王宫里的泥版档案，原来一千年前这里只有两千多人，可现在已经有十万人住在这个岛上！我们已经没有可以养活那么多人的食物，所以不得不去爱琴海上开拓新的岛屿当作殖民地。那些海外的人，如果存在的话，难道不会面临同样的问题吗？无论他们的岛屿有多大，可以耕种的土地和居住的面积都是有限的。或许总有一天，他们会来占据这里，奴役我们……"少年忧心忡忡地说。

青年笑了笑："不用那么紧张，想想吧，大海中充满了凶险，风暴、礁石、漩涡、女妖、怪兽……我们克里特的船无法在看不见海岸线的大海上航行，否则很容易迷失方向。如果那些海外的人能够来到我们这里——不是偶然漂流过来，而是派军队来占领我们——他们简直可以说有神一样的力量！或许他们根本不需要吃东西，或者他们有魔法，可以从虚空中变出食物来。因此他们不用种田，也用不着奴隶……他们就像天上的众神一样，一定比我们具有更高的道德情操，即使他们到来，也是不会伤害我们的。"

"可是神话里说，诸神也经常杀戮凡人、奸淫妇女，比如宙斯……"

"门修斯长老说，那都是凡人的幻想，是他们把自己的龌龊想法安在诸神的头上！说到底，有谁看到过诸神做那些事？"

"但是我最近读了克里特岛的历史，我们的历史上充满了侵略和杀戮，我们的王宫曾经被牛头怪占据，后来忒修斯又杀了牛头怪……而我们殖民那些爱琴海岛屿的时候，也杀死和奴役了很多当地居民……"

"是的，"青年叹了口气，"我们克里特人曾经做出过很多愚昧的行为。但是在本岛上，最近几十年来已逐渐实现了各氏族的和平和共同繁荣，仇杀已经停止了，现在就是对奴隶也不能随便杀戮，而要尊重他们的生命和健康。我们尚且如此，更不用说那些高度发达的海外文明了。所以，放心吧，黑暗时代已经终结了，世界会变得越来越光明的。"

"但愿如此，我真想去那些海外的岛屿上看看，看看那里究竟是怎么回事。"

"阿尔戈斯，你真是一个矛盾的家伙。一面想去看那些遥远的世界，一面又担心那些世界会来占领我们。一面对外面充满了憧憬，一面又充满了恐惧。"

少年摸着脑袋，不好意思地笑了。

"你如果真的想知道，过几天我带你去见门修斯祭司，他是一个博古通今的智者，一定能教给你很多东西的。"哥哥说。

"真的吗？"少年很是惊喜。

"那当然，不过真的没什么好担心的。"哥哥又笑着补充说，"那句古歌谣唱得好，'享用你的葡萄酒和你的女奴，直到世界的终结'。"

他们不知道，"世界的终结"即将到来。此时，在一百公里外的锡拉岛上，沉寂多年的火山口已经冒出了少许烟尘，这意味着人类历史记录中最大的火山喷发即将到来。三天后，随着锡拉火山的爆发，一百米高的海啸将咆哮着卷过这片沙滩并深入内地，让欣欣向荣的克里特文明从此埋没在历史的烟尘中。

2

在上述对话早已被遗忘后，地球又绕着太阳转了三千六百三十九圈。公元2011年，在北京五道口职业技术学院的一个本科男生宿舍内，离熄灯还没多久，几个寝室成员正在废寝忘食地追寻着各自的兴趣。

"哇塞，这书太牛了！"老二合上手中的《三体II：黑暗森林》，赞叹不已。

"老二，啥书让你那么激动？"老大一边打着《星际争霸》，一边漫不经心地说。

"一本科幻小说，巨牛！"老二说。

"科幻小说，都是瞎编，还不如跟我这看电影实在！"老三在床上盯着电脑荧屏上的画面，对老二嗤之以鼻。

"那是一个档次的事吗？这书里提出了一个非常有意思的设想，叫黑暗森林……"

"嘁，放着美女不看，看什么黑暗森林……"老三说。

"去，别打岔。你们说，有没有外星人存在？"老二谈兴不减。

"鬼知道有没有。"老大说，面前的游戏界面上，虫族正和人族打得不可开交。

老四从一本厚厚的高等数学讲义中抬起头："银河系直径有十万光年，有4000亿颗恒星，地球这样适合生命出现的行星至少也有几百万颗，从概率上来说，有外星人的可能很大。"

"老四，有你的！"老二赞道，"黑暗森林原理是说：宇宙的总资源是有限的，而有智慧生命存在的星体又有很多，它们彼此都是潜在的竞争对手。所以最佳应对策略就是消灭和自己不同的文明，确保自己占有最多的资源……"

"嗯，听上去倒是有点道理。"老大说。

"有啥道理呀，"老三说，"这纯粹是用人类的心理去揣测外星人。人家如果有能力消灭其他星球上的文明的话，那什么可控核聚变，什么星际航行都是毛毛雨了吧。文明程度那么发达了，还用得着去打打杀杀吗？"

"嗯，听上去也有点道理。"老大说。

"可是宇宙的资源还是有限的，不管你科技怎么发达，怎么精打细算地利用，终归是有限的，总有一天要用完的，给了别人自己就没有了，这个悖论没法解决。"老二说。

"宇宙资源不一定是有限的，也许将来可以去别的宇宙呢？好吧，就算宇宙资源是有限的，也可以合作开发，合作才能带来技术进步。如果打仗的话，人外有人，天外有天，就算你能消灭其他的文明种族，或许自己某一天也会被更强大的种族消灭，有必要这么玩命吗？玩黑的没前途，和谐宇宙才是王道嘛。"

"那……那资源不足怎么办？"

"我给你举个例子吧。"老三笑着眨了眨眼，"就像最近红得发紫的绿茶妹妹跑到我们宿舍来，说要嫁给我们中的一个，咱们哥四个谁娶？"

"四对一……那肯定难选啊！总不能一起……"

"不是那意思。比如说——我们打个比方——假设你性取向特殊——"

"滚，你才特殊呢！"

"打个比方，别激动——假设的，你不喜欢女生；老大呢，只爱玩游戏，也不爱美女；老四将来是要出国的，得专心学习，肯定也不能分心啊。既然你们都不要，那么最后只能我娶绿茶妹妹了，这大公地道吧？"

"你……什么意思？"老二有点懵了。

"就是说文明的发展，技术的进步，很可能导致智慧文明的自我节制，对于资源的需求也会降低或消失。那样，也就不存在对资源的争夺问题了。就像一些人自愿当和尚，当素食主义者，或者像老四这样不食人间烟火，一心要做学问的，什么都不要了，那还有什么争夺资源的问题？"

"啪"的一声，老四猛然把手中的教材合上。大家都吓了一跳，向他看去，只见他厚厚眼镜片下，一对小眼睛放出炯炯有神的异彩："胡说八道！绿茶妹妹是我的，谁跟我抢我就灭了谁！"

3

上述无聊对话发生后2.25亿年，那个叫作"太阳"的黄色矮星恰好围绕着银心转了整整一圈，重新回到这个偏僻星系的偏僻角落。当然，由于某些不明原因的琐碎事件的影响，那个曾被称为"地球"的第三行星，连同自己唯一的一个卫星——月亮，已经消失得无影无踪。但这一点对于太阳系的其他成员乃是无关紧要之事，它们仍然在原来的轨道上绕着圈子，像几十亿年以来一样，消磨着漫长的时光。

但它们不知道，自己的命运也已经走到了尽头。

在空荡荡的原地球轨道上，一艘"太空船"从虚空中冒了出来。

这不是地球时代人们想象中的那种圆形的飞碟、长形的空间船、环形的太空站，或其他任何一种奇怪的样子。比起它实际的样子，这些想象都太缺乏想象力了。实际上它没有任何可见的机械形态，看上去只是一片小小的椭圆形的叶子，呈半透明状，发着淡淡的绿光。而它的体积也和普通树叶一样，大约只有人手掌的一半，在浩瀚太空中和一粒原子没多大区别。

但如果仔细看去，在这"叶片"中，有着极其精细的脉络及节点，构成一个复杂的网络结构。这个网络并没有固态的基础，而是在力场约束中，由川流不息的各种微小纳米共生体所构成，它无时无刻不在变动，总体却又保持静止……这是地球时代的人们所无法理解的超级技术，是掌握了大统一方程式后才出现的技术结晶。

"啊，这次要转化的居然是这颗恒星！"在绿色"叶片"的边缘，一个微小到只有几纳米长的星形智慧体，以人类无法理解的语言和表达波束惊叹说道。

"你认识它？"旁边另一个锥形体发出了信息。他们之间立即出现了一个信息场，信息以人类无法想象的速度和效率交换着。

"啊不，我没到过这里，只是看到过这个星系的三维图像。不过我的祖先很熟悉它，他们就是从这个星系起源的，在一颗漂亮的行星上。"

"哪颗行星？那个光环很漂亮的？还是最大的那个？"

"不，那颗行星已经被毁灭了，在一场星际战争中。那是很久以前的事了，差不多有……整整一个标准银河年了。"

"哦，怎么毁灭的？"锥形体饶有兴味地问道。

"还能怎么，在他们刚刚开始探索宇宙不久，就被高等文明发现了，然后就是战争、侵略……你知道的，远古时代的那些事。"

"不过看来你的祖先逃过了这一劫。"

"没错，他们是被派遣到另一个星系的殖民者，他们活下来了，并且重建了那个——叫什么来着——'地球'文明。"

"后来他们复仇了吗？"

"也许吧，我记不清了，都是上古时代的陈年往事了，好像最后也没找到那个消灭他们星球的高等文明……不过看到这个太阳还是挺有趣的，想不到第一次见到它就是我们要毁掉它的时候。"

"这没有办法，这一星区可以利用的能量源不多，那些黯淡的红矮星、白矮星能级太低，没什么嚼头，那些狂暴的红巨星和蓝巨星又太危险，可以用来转化的也就剩这种主序星了。"

"是啊，能源总是一个问题……不过，我一直在想，或许我们应该去那片星云开采。"

"哪片星云？"

"还有哪片？离我们最近的，像我们星系孪生姊妹一样的大星云，我的祖先称它为'仙女座星云'。"

"啊，是它，那可比我们自己的星系还要大。"

"是的，想想吧，它距离我们只有两百万光年，从银河系对着它的这一边，在相隔几万光年的天区，都是一抬头就能看到它。它曾经引起多少诗人的遐想、哲人的沉思、探险家的野心……可是我们却无法到达它，不知道那上面有什么……"

"因为星系间没有足够密度的恒星进行远程蛙跳，除了用低效的亚光速飞船之外，我们没法过去。而那些甘愿花几百万年去那边的探险家总是一去不复返……我想他们是想要独占那个星系，根本就不想返回银河系。"

"说实话，我觉得他们早就死了！大星云比银河系还要大，里面当然会有和我们一样的智慧体存在。那些探险家可能一去就被消灭干净了。"

"有可能吧，所以去大星云没有多少意义，反正银河系的能源还很充足……"

"不，你不明白！"星形体忽然调高了一个情绪等级，"这恰恰说明，我们必须去大星云！如果我们不去，'云中人'随时会来的。"

"'云中人'？你是说大星云上的文明种族？"

"是的，银河系中有八百万个文明种族，大星云中可能还要多。他们也一定面临着同样的能源短缺问题，如果他们能够来这，说不定会把银河系都吸得一干二净。"

"我倒没想过这个问题……不过，我觉得不会那么糟糕。如果'云中人'能够轻易地到银河系中来，说明他们已经掌握了超统一方程式，也实现了我们理论设想中的超空间对穿技术，那么他们的技术水平必然远远在我们之上。恒星转化对他们来说，可能已经是落后的技术了，他们说不定可以直接汲取空间能，我的天，那将是无限的能源。"

"但空间能再多，也不是'无限'的，宇宙中没有任何东西是无限的。即使他们的技术远远超过我们，能源也不会是无限的。而他们最终还是需要我们的银河，需要我们的空间。到时候他会运送一支大军来，消灭我们，消灭整个银河世界的！"

"我的朋友，你是错误地将银河系的历史搬到未来，搬到外星系人的头上去了。是啊，落后的野蛮的银河系，亿万年的银河战争，勾心斗角，自相残杀……糟透了。但是最后，全银河的八百万个种族达成了一致，建立了泛星系联邦，甚至我们的形体经过改造后，也变得彼此一致了——当然也是为了节省能量。不管怎么说，黑暗时代已经终结了，光明到来了。如果'云中人'比我们的技术更先进的话，那么他们不可能还不如我们的觉悟高。说不定他们能教给我们超统一方程式呢。"

"也许吧，谁知道呢？不过我还是觉得……你知道我的祖先曾经……"不知怎么，星形体变得兴味索然，"算了，赶紧工作吧，快点把这个太阳给收拾了。"

叶片闪烁了一下，以光速向太阳飘去。整个太阳系的末日就这样到来了，但这只是能源采集过程中的一个平淡的环节，在银河世界中没有引起一点注意、一声叹息。

4

如果从早已灭亡的人类的时间来算，又是五十多亿年后。此时，不仅太阳已经熄灭，而且那些曾经和太阳一起照耀过地球的夜空中的诸星辰们，也都已经熄灭很久了。

在两亿光年外，思想者回望着银河系。

如今，银河系比以前大了至少一倍，这是二十亿年前那次惨烈的超级战争中，它和仙女座星云碰撞和融合的结果。如今几十万光年范围内的冲突和混乱已经结束，代之以和平和秩序，两大星系已经融合为一。

但这是一个死气沉沉的世界，大半的恒星已经熄灭。诚然，至少还有百亿年的时间可以消磨，但是这个星系的辉煌岁月已经逝去，接下来不过是漫长的晚年。

而它，至尊的思想者，本超星系团一切智慧和文明的融合体，早已经离开了银河系，或远离了本星系团的任何星系，以及其他几百个星系团。它回首遥望银河系时，正如它某个最初的祖先在另一颗行星上回望着母星，发现所谓故乡只不过是一颗不起眼的星星而已。

就这样，它又跃升到了一个新的存在层次。它驻留在本超星系团的边缘，遥望着外部世界。

卫星、行星、恒星、星系、星系团、超星系团……似乎可以一直这么"膨胀"下去，直到无限……

不，这是一种错觉。思想者知道，在超星系团之上，除了宇宙本身，再也没有别的什么了。超星系团就是宇宙所包含的最大的结构，星系的最大聚合体，距离两百亿光年的宇宙整体，只有一步之遥。

而今它来了。思想者，整个超星系团的最高主宰和唯一意识，千万个星系中亿万文明的荟萃者和继承者。思想者和它的亿万前身，在百亿年的亘古岁月中，创造出了无与伦比的辉煌历史，征服了万千星系世界。在融合和探索中，终于，它得到了超统一方程式，这让它得以彻底摆脱空间的束缚，实现在空间中任何一处瞬间移动。

它站在了宇宙本身的边缘，即将踏上最后的征途。聚合整个超星系团的能量，打通十亿光年尺度的超空间通道，到广阔宇宙的其他地方去。

它的征途将是星系的大海。

然而即便如此，思想者知道，它的超星系团也不过是宇宙中百万个超星系团中的一个。没有任何理由认为，其他的超星系团中不会有和它一样级别，甚至比它更强大的神灵存在。

但即使存在那些超级神灵，至少迄今为止它们还没有光顾它的超星系团。思想者的神识扫过整个超星系团，找不到有外部力量曾经介入的蛛丝马迹。

或者那些神灵并不存在，或者它们是善意的。超统一方程式已经让它能够自由地汲取空间能，而那些神灵，如果它们得到了终极统一方程，那么它们就已经与宇宙本身融为了一体。宇宙的能量就是它们的能量，宇宙的生命就是它们的生命。它们不会再对一个区区超星系团感兴趣。至少它这么想。

即使它们没有达到这一步，思想者相信，它们也是和它一样的意识融合体，早已摆脱了过去的敌对思维。在超星系团过去的历史中，诸如银河系和仙女座星系等各大星系或星系联盟曾经争斗不休，然而那早已是远古的事情了。如今，亿万个智慧种族都融合在它的统一智慧和记忆中，昔日的仇隙和战争早已烟消云散。对于其他超星系团的融合体来说，应该也是

梦境永无结束, 故事才刚刚开始.
请和我一起, 进入这最真实的梦幻
中.

             金属

一样。

即使它遇到了对方，它相信，对方也愿意和它融合，在融合之后，它们可以保持独立的位格，并且交流彼此的海量信息，因而都能从中获益。它们可以联合起来，一心一意地追索终极统一方程的秘密。对于它这样的永恒生命来说，除了那至高的真理之外，宇宙中还有什么值得珍视的东西吗？

无论如何，漫长的黑暗已经终结，光明就在前面。

思想者想着，通过思想本身聚合了整个本超星系团中无比的能量，昔日太阳输出的能量和这能量相比，还不如一道微弱的烛光。

空间的秘密之门被打开了。思想者化为一道物质与能量完美合一的激波，从那里奔向十亿光年外一个邻近的超星系团。

但它没有飞到那里，永远也没有。在一阵对它来说非常陌生的晕眩体验之后，它发现自己已经离开了超空间，并停留在了黑暗中。

思想者观察了一阵才确定，所有星系都离它远去，它被困在星系间的"空泡"中。

它曾经以为，空泡不过是星系间偶然形成的巨大空洞，没什么稀奇。但它发现自己错了。空泡中……有某种它无法匹敌的力量存在。

暗物质、暗能量、暗运动，它早已知道它们存在，但没有想到是以这样恐怖的方式存在。

在那里，整个空间已经被扭曲，变成维度怪异的空间势垒，他根本无法穿透，而暗物质和暗能量的狂潮，以低于普朗克常数的暗流涌入它自身的结构中，又聚合成拥有宏大能量的"利刃"，将它从内部撕裂。面对这种攻击，思想者等于是不设防的。思想者积攒了五十亿年的力量和智慧，如同溺水的人面对无边海水一样无用。它无法逃脱、无法克服、无法自保，只能眼睁睁地看着自己的能量体渐渐被暗能量侵蚀和磨灭。

这不可能！这不应该！事情不该是这样子，按照超统一方程，星系间不该有任何阻拦它的自然力量。

但这种力量……

思想者明白了，这种力量是某种"人为"的设计，某种不可思议的安排，一个十亿光年规模的"陷阱"。它不知道，这个陷阱是否特意为自己所设，还只是自己误入其中，但它注定无法逃离、无法幸免……

"你是谁？你究竟是谁？"思想者用意念吼着，那意念在超空间中洞穿亿万光年的距离，投射到整个空泡的四周，千万个星系里。

但没有回答，只有永恒的死寂。它的意念逐渐模糊，直到消失在黑暗中……

在神识消失前的最后一刹，思想者知道，自己错了，黑暗还远远没有终结，甚至可能还没有真正开始……

5

这是最后的时刻。我/们知道，这是最后的时刻了。

无穷无尽的时光，只有在过去才能找到。将来再不是无穷尽的，终点就在前面。剩下的时光，每一分每一秒都在消失，变得越来越少，如同宇宙本身一般。

历经千亿年的岁月，宇宙已经走向坍缩的最后时刻。如今曾跨越数百亿光年的它，只有一个星系的大小。

张开的虚空重新合拢，分离东西的星河再次聚头，广袤无垠的空间被引力拉回，重新归向一点，此即其出生之点。始点就是终点，宇宙画了一个完美的圆圈，又回到原点。

但历经数百亿年，进化出来的宇宙智慧，也将归于虚无。下一轮的宇宙，不知是否会开始，也不知如何开始，但可以肯定的是，已经不会有我/们了。

匆匆，何其匆匆！还有那么多的事业没有完成，还有那么多的遗憾没有弥补，还有那么多疑惑没有解答，我/们就要被虚无吞噬了。

无论如何，我/们终得以在宇宙毁灭前夕，完成了几百亿年以来恒河沙数般智慧生命所渴盼的事业，永远终结了各种族、文明、智慧体系之间的冲突，再也没有对资源的争夺，再也没有敌意和仇杀，再也没有陷阱和诡计。宇宙成了我/们，我/们也成了宇宙本身。

我/们是一，同时也是多，我/们是我，同时也是们。

但我/们清楚地知道，最后的和解和交融，并非我/们的本性上有了飞跃，而纯粹是坍缩本身带来的。由于不可逆转的坍缩，一切对资源的争夺都变得毫无意义。我/们即将烟消云散，这才如梦初醒。如果宇宙是免费的午餐，我/们也只是虚幻的食客。这悲剧般的结局，让我/们欣然参悟，涅槃化生。

在宇宙之外，还有什么？是否我/们的宇宙只是大宇宙中某个黑洞中开出的幽暗花朵？只是绝对真空中量子涨落的一次潮汐？只是超膜上的一个气泡？只是亿亿万万个宇宙之一？

没有终极统一方程式，这一切终极秘密，我/们什么都无法知道。

只有得到了终极统一方程式，我/们才有可能冲破宇宙的束缚，去探索那充满奥秘的外宇宙。那将远远超出我/们的时间、空间和想象力之上。然而这也不过是一种理论上的可能而已。

在历经千亿年的摸索后，我/们还没有得到终极统一方程式。这不是因为我/们缺乏能力，只是因为信息不够，让我/们无法计算出最后的结果，让我/们还无法离开这个宇宙。

但这是不是说明宇宙自身便已是虚幻？宇宙自身产生的意识如何可能离开宇宙本身？这是一个悖论，即使得到了终极统一方程式，或许也不过证明这是不可能的。

但是我/们还不至于失败。还有一种可能，能在宇宙坍缩之前得到终极统一方程式。当宇宙重新汇聚到一点时，所有的信息也都汇聚到一点，只要收集了所有的信息，我/们至高统一的智慧便能在瞬间推导出终极统一方程式，明了这宇宙最终的真理。

我/们静静等待着宇宙最后的坍缩。越来越多的信息涌向我/们，被我/们吸纳和消化，我/们明了了这个宇宙中曾经发生过的事情的一切细节。那些古老星球上的杀戮和对话，那些宇宙冒险家的孤独和徜徉，那些星系之间、星团之间的战争与和解，从最大的到最小的，我/们都已了然于心。

我/们也了解了一代代的智慧种族如何充满了对外界的好奇、贪婪和恐惧，以及对和平相处的期盼。光明与黑暗的交织，暴力与仁爱的对峙，一代代的欢笑和血泪……

然而，最终亿万代古人所期待的光明还是来了。漫长的黑暗时代结束了，光明最终普照整个宇宙，直到它的灭亡。

正如古人们所说：结局好，一切都好。虽然这一结局未免来得太晚……

信息、信息、还是信息……在恒河沙数的信息中，无数历史变成了同时并存的现在，向我/们呼叫和倾诉。那些上古文明的探讨、技术时代早期的争论、恒星转化者的闲谈、星团之灵的哀呼，我/们都已听到、看到……我/们都在那里聆听着、叹息着、思考着。我/们和他们同在，我/们和宇宙同在，和所有的时间和空间同在……

宇宙剧烈地收缩着，如同一个厌恶外部世界，要逃回母亲子宫的婴儿。从一个星系那么大，现在变得只有一颗小行星那么大了。一切物质都汇回到了原点，彼此渗透和融合，一切物理学的定律都已失效。然而它还在缩得更小、更小……

够了！最后的时刻已经到来，所有的信息都在我/们之中展现，我/们的灵体包含着宇宙，拥有了造物主的尊严。宇宙从开始到结束的一切，纤毫毕现、毫无遗漏。最后的计算已经开始，宇宙最深的本质将向我/们开放。

距离最后时刻还有百亿分之一秒，计算终于完成。终极统一方程式在我/们的精神中展开，它竟然如此简单，如此精妙，如此不可思议。

这方程告诉我/们，宇宙之外别无他物，宇宙的能量和引力恰好抵消，结果为零。引力的本质——亦即物质和空间的罪业本身——终将让它们返回虚无。

我/们生于虚无，也将归于虚无。虚无，就是终极的完美。任何离开宇宙的念头都是空想，绝无实现的可能。我/们将与宇宙同死，也将和它一同再生。当然，那时候已经不再有我/们的精神和智慧。但那也很好，再没什么能打破我/们永恒的宁静。

知道了这一切，我/们心满意足。我/们的精神发出了一声叹息，和宇宙同归于寂。

但我/们并未沉向黑暗，而是返回到无限的光明。光明的海洋上，没有一丝涟漪。

1.5

"门修斯长老？"

"进来吧。"

少年走进了那间被人们敬畏地称为"圣所"的密室，好奇地四下看着。这里没有外面那些高大巍峨的石柱，也没有威严的神像和华丽的祭坛，只是一个用石头砌成的简陋的石室。没有圣物，没有装饰，没有图案。

一个穿着金色法袍的老人闭着双目，盘膝坐在密室正中，白发披散在他肩上，在这个神庙后面的密室里，如同端坐在天地宇宙的中心一样沉稳。少年一时看得呆了。

"请关门。"老人温和地说。少年这才反应过来，用力关上了石门。

于是房间又沉入了黑暗，唯有从高高的孔窗中射下一束细细的阳光，笼罩在老人身上，在他身上勾勒出一道金辉，显得格外庄严和圣洁。

"最尊敬的长老，众神之王的祭司啊，请允许我冒昧地打扰您的清修，我是阿贾斯的弟弟阿尔戈斯，是特地来向您请教天地宇宙的奥秘的。"

"阿贾斯提起过你，说你是一个聪明的孩子，有很多奇妙的想法。你来找我是为了什么？"

"我想问问您，世界的尽头是什么？几天前，我和哥哥讨论过这个问题，他说，您知道一切的答案。所以我冒昧来……"

"你找对人了，孩子。"老人慈和地笑了笑，"也找对了时候。今天，我可以告诉你你想知道的一切，只是恐怕你无法理解。"

"长老，我会尽量的。我想知道，大海的尽头在哪里？我们乘着船一直向西，会从大海的边缘掉下去吗？"

"这是比较容易理解的一点，只要你肯去理解。"老人说，"大海没有尽头，你永远不用担心掉下去，但也并非无限。在极西之处有一片广袤的大地，越过那片大地又是海洋，继续往西，越过千万里的距离，你会回到这个岛上。"

少年吃惊地瞪大了眼睛，过了许久，才期期艾艾地说："那个……如果我们一直向西，怎么会回来呢？"

"大地连同海洋是一个球体，如同一颗珍珠一样滚圆。这个球体悬挂在天空上。绕它转一圈后，自然会回到原点。仔细想想，你就不会感到特别惊奇。你在海天线上看到远来的船只之时，不总是先看到桅杆吗？因为海面本来就是弯曲的啊。"

少年思索了一下，问道："如果是这样，生活在这个球体另一边的人，他们不会掉下去吗？"

"不会。大地这个球体本身具有一种吸力，能够把表面的人都吸住。所以无论你怎么蹦跳，都会回到大地上。"

"可是如果大地是一个球体，诸天……众神……它们又在哪里？围绕着这个球体吗？"少年越来越好奇了，已经将大海的问题抛在脑后。

"没有诸天，无垠的空间中悬挂着无尽的星辰，我们的太阳只是其中之一。只是我们离太阳太近，所以它看上去才比其他星星大很多。诸星辰彼此之间也被刚才说的吸力吸住，绕着彼此旋转，编织成复杂的舞蹈。众神，如果存在的话，也是在非常遥远的地方，遥远得难以到达这里——虽说这种事也不是不会发生。除此之外，人类所描绘的神的形象，只是自己的想象罢了。"

听了这些，少年疑惑地问："为什么您说的和平时我们说的世界完全不同？甚至和您对哥哥说的也不同？"

"真理是高贵的圣女、孩子，不能在众人面前袒露自己。但你在恰当的时间，恰当的地点来到了这里，你成了被神赐福之人，可以知道这一切。"

"那么这个空间……可有尽头？在它之外又是什么？"

"空间没有尽头，但是仍然有别的空间，别的空间不属于这个宇宙，也不和我们的空间连在一起。"

"不和我们的空间连在一起的空间？我不懂。"

"你会懂的，孩子，到了世界终结之日，你就会懂的。"

"我可等不到那一天……那么长老，我们的宇宙到底是什么？它从何而来，又如何终结？"

"你问到了关键，聪明的孩子。某种意义上来说，宇宙是一个卵。"

"卵？"

"是的，一个卵，从虚无中产生，可以膨胀到无比之大，然后再收缩，最后收缩回原点。它存在的唯一意义，是在自身中孵化出有智慧的生命，在它重归为原点时，智慧生命将汲取其中的能量，打破这个宇宙，如同小鸟打碎蛋壳。"

少年似懂非懂地听着，忍不住问道："可是……小鸟打碎蛋壳，不用等鸡蛋坍缩吧？"

"小鸟要等到长成才可以离开卵，智慧生命也一样，但是只有到坍缩的一刻才能收集齐宇宙中一切时间、一切地点的一切信息，得到关于这个宇宙的全部真理。也只有在这一刻，才可能聚拢最大限度的能量。唯有如此，才能掌握离开宇宙的方法。"

"离开宇宙？去哪里呢？"

"去外面。如同小鸟从黑暗的蛋壳中出来，来到广阔无边的世界。"

"宇宙外面，那是什么地方？"

"无法形容，孩子，完全无法形容，只有到了那里才知道。"

"外面还有别的宇宙存在吗？"

"如海浪中的泡沫、海滩上的沙粒，抑或天上的繁星，无穷无尽、无法计数。"

"可是那些别的宇宙……它们也是卵吗？里面也有小鸟吗？"

"所有的宇宙都是如此。至少在我们的超膜上的宇宙是这样。"老人淡淡地说。

少年不知道"超膜"是什么意思，只是问道："那么别的宇宙中的……小鸟跑出来了吗？"

"有的跑出来了，有的还没有。"

"小鸟跑出来了以后会变成什么呢？"

"变成大鸟，非常非常大的鸟，大得无法想象。"

"可是在宇宙外面，它们吃什么能长大呢？"

"吃别的卵。"老人一字一顿地说。

少年不由打了个寒战："可那些卵都是宇宙啊，怎么吃呢？"

"每一个宇宙都是可以吃的，坍缩了以后就能吃了。"

"但是按您刚才说的，宇宙坍缩了以后，里面的小鸟就出来了。"

"可以让那些小鸟孵不出来。"

"怎么让它们孵不出来？"

老人深深地看了少年一眼："只要在最细微的地方干扰那个蛋壳里面的秩序，让里面的小鸟无法得到宇宙完整的知识，因而无法领悟打碎蛋壳的方法，就无法在坍缩前离开自己的宇宙，只能和自己的宇宙一起坍缩掉，化为乌有。"

"可是如何扰乱那个蛋壳里的秩序呢？"

"很简单，"老人说，"当那些孵出来的小鸟变成大鸟后，就可以让自己的一点点'生气'或者'孢子'渗入到那个宇宙中，靠汲取其中的营养维持自己，当鸟蛋破裂之日，这些'孢子'就会离开宇宙，回归母体。"

"可是，既然能进入那个鸟蛋，为什么不直接吃掉呢？"

"太生了，不好吃。坍缩了以后才能全部吃掉。对原宇宙的干扰必须越小越好，以免影响坍缩。"

"这么说的话，"少年惊疑不定，"我们这个……宇宙也被外面的'孢子'潜入了吗？"

"你很快就会知道的。"老人淡淡地说。

少年还有千万个问题，但就在这个时候，大地像波浪一样，上下震荡起来。

X

少年踉跄了一下，差点摔倒。"出什么事了？"他惊慌地喊着。

"远处的锡拉火山喷发了，诱发了海底地震。"老人说，"孩子，这并不是我引起的，不过我早就预料到了它爆发的时间。我需要它的能量触发时间剥离机制，这是最后一步。"

"什么时间剥离？"少年不明所以，但垂直的震动很快变成了左右晃荡，四周的墙壁轰然倒塌，屋顶的巨石向他砸了下来。少年吓得魂魄俱散，只觉得眼前一黑，但是什么事也没有发生。

少年忽然发现，自己和老人被笼罩在一个淡淡发光的光球之中。这光球并没有挡开砸下的石块，但石块穿过他和老人，他们却毫无损伤。墙壁倒塌后，外面的一切少年都看得到。他看到房屋一片片倾塌，山顶上的王宫顷刻间化为废墟，在神庙内外、街巷上下，人们四散奔逃，挤压践踏。

而在远处，像高墙一样可怖的海啸已经迅速推移了过来，一路上吞噬着无辜的路人，直冲少年和老人而来，要将这渺小的二人一口吞没。

那堵比最高的城墙还高的水墙向他们逼近，老人端坐不动，少年本能地想向外跑，却发现自己不知怎么，悬浮了起来，动弹不了，使不上力气。海浪如千军万马般涌来，从他们身上卷过，却再次如同穿过虚空。

还没等到少年反应过来，海啸的浪潮又都不见了。少年只觉得周围的光忽明忽暗，他抬头望去，太阳正飞驰过天穹，落到西方的地平线上，又很快在另一边出现。

"这……这是……"

"我们已经脱离了原来的宇宙，进入了一个独立的时间线。"难以理解的话语从老人口中缓缓说出，"我们现在的时间运行比原来的世界快几千倍，一天只不过是一眨眼的工夫。"

少年似懂非懂，张口结舌。他看到，太阳的运动越来越快，最后变成了一条横贯天空的金色光带，随着季节的变化而不住地漂移。冬去春来，草木从枯萎变得繁茂，又从繁茂变得枯萎。在原来建筑的废墟上，新的城市出现了，熙熙攘攘的人群从他和老人身上穿过，但这些人看不到他们，也听不到他们说话。而少年也看不清楚那些如风如电般川流不息的人群。事实上，他看不清除了静止景物外的任何东西。

很快，他看到城市一下子倾颓倒塌，化为废墟。又有陌生的建筑兴起，然后再次崩塌。植被变化的速度也来越快，最后变成一片相对恒定的黄绿色。

"现在，我们这里的一眨眼工夫，已相当于外面的一年，不，十年二十年了。我们已经远离了本来的时代，现在至少处于一千年后了。"老人说。

"这怎么可能？你施展了什么魔法？"少年惊恐地叫道。

"我们在一个时空碎片里，"老人说，"这个碎片已经从原来的宇宙上分离开来，从此，那个宇宙中的任何手段都不可能追索到这一碎片本身。对于大宇宙来说，这一部分信息永久遗失了。"

"你是说，爸爸、妈妈、哥哥，他们都……我再也见不到……"少年惊骇不已，浑身战栗。

"我很抱歉，孩子。他们应该在火山喷发的时候就已经死了，现在他们的骨头都变成灰了。我本来没有打算带上你，但是这时候你进来了，而时间剥离的进程不能耽误。阿贾斯说，你是个好奇的孩子，一直想知道世界的奥秘，那么，如今世界就在你面前，你是这个世界——不，这个宇宙——有史以来，也是直到其终结最幸运的人了。"老人缓缓地说。

但少年惊骇地看到，外面的世界已经被一层层土壤覆盖起来，渐渐挡住了他们的视野。最后他们沉入了一片黑暗中。

"两千年后了，沧桑变化，我们被深深地埋在了地下。"老人说，"不知道这将持续多久。"

但片刻之后，他们又见到了阳光和大地。虽然看不清运动中的人和机器，但是远处，高耸入云的楼群屹立着，隐隐约约还有一些少年无法理解的巨大机械体。那是一个崭新的时代。

"神庙的废墟被挖出来了，新的城市也出现了，看来这个世界有了初等的技术文明，也许很快我们就会看到他们出发，去征服星空……"老人点着头。

但这一切仅仅维持了很短的一刹那，还没等少年看清楚，脚下的大地就消失得无影无踪，阳光变得明亮了许多。但他们悬浮在黑暗的空间中。少年有一种向下坠落的晕眩感，不由失声惊呼了出来。

"古老的大地消失了。"老人说，"如今你看到了，我刚才说的没有错，大地是悬浮在黑暗的空间中的。"

"可是大地……大地到哪里去了？"

"我不知道，或许是有愤怒的诸神从远处到来，毁灭了它。如今只剩下虚空。"

大地消失之后，时空碎片停止了按照大地的转动而转动。太阳恢复为一个金黄色的球体，而众星也罗列在他们周围。一切静止了下来，他们仍悬浮在空间中。远处有一道道奇特的光环，它们缠绕在一起，环绕着在黑暗中仍然光芒万丈的太阳。

"那是各大行星，"老人说，"他们仍然在黄道面上绕着太阳转动。"

少年向更远处望去，看到了猎户座熟悉的三颗亮星，然后是天狼星、昴星团、北斗七星、银河……在这诡异之极的环境中，少年又认出了那些他熟悉的星座，几千年前，它们曾悬挂在克里特岛的夜空上，如今它们仍然存在。他内心总算感到了一丝安慰。

但仅剩下的这一丝安慰很快也消逝了。少年渐渐发现，远处那些本该亘古不变的星辰慢慢地开始移动，形状发生了明显的漂移，而且速度越来越快……最后甚至作为背景的银河也开始变化了。

"星星都在运动着，孩子，而且速度很快。只是宇宙太大，距离太远，平时看不出来。而如今每一刹那，就是几千几万年过去，星星的运动也就变得明显了。"

旧日的星座已经消失在运动着的杂乱无章的群星之间，遥远的银河逐渐变大，仿佛向他们扑来，要将他们吞噬。然而当他们接近银河时，它竟渐渐消失了，融解在千万颗明星中。如同走近远处的森林时，本来完整的森林变成一棵又一棵孤零零的树木。熟悉的星座消失在陌生的星海里，亿万颗新的星星伴随在他们周围。

"我们现在在哪里？"少年惊讶地问道。

"我们已经跟随着太阳，进入了银河深处。"老人说，"没错，就是你在天上看到的银河，那是由无数星星组成的大河。太阳在宇宙中跋涉，每过几千万年就会进入一次银河。在我们刚刚告别的时代，太阳正好在两条银河之间。"

但是不久后，密集的星辰又渐渐变得稀疏，银河再度出现了。但那是一条新的银河，和之前的形状完全不同。少年往后面看去，那里也有一条陌生的银河。

"我们已经离开了原来的银河，再次进入两条银河之间，事实上，这两条银河相互盘旋着，形成一个类似旋涡的结构，我们本来在这个大旋涡的一边，现在已经来到了另一边。太阳和其他星星一样，围绕着这个旋涡的中心旋转着，每转一圈要超过两万万年……在克里特的神话中有几万年循环一次的'大年'，但你现在看到了，这是真正的'大年'。"

时间流逝的速度还在加快。如今，每眨一下眼睛，或许就是几十万年或几百万年过去了。较近恒星的运动在少年面前画出纷乱的线条，已经无法辨认，而太阳也明显地对着一道银河俯冲下去，畅泳在星海之中，又从另一头钻出来。少年觉得自己如同乘着快马，在山丘和平原间驰骋着。

他也看到了旋涡的中心，一个明亮异常的橙红色的核，笼罩在一层层厚厚的蓝色的光晕中，并且明显在转动着。他猜到那些结构都是亿万星辰的聚合体。他转向老人。

"在那个中心，有一个巨大的……洞穴，有几百万个太阳那么大。"老人说，"它产生难以想象的吸力，让整个星系联成一体……"

"我不懂。"少年绝望地说，"自从那个什么时间剥离之后，我什么都不懂。"

"没关系，你以后会懂的。"

"我只知道一点，"少年凝视着老人说，"你一定不是凡人，你是神……不，也不是我们知道的神。"

老人神秘莫测地微笑着，没有否认。

"那么你究竟是……是什么？"少年鼓起勇气，大声问道。

"如果你还没明白，至少很快会明白的。"老人摇头说。

在一霎间，太阳迸发出强烈的光芒，然后又消失不见。最后只剩下茫茫星海，仍然以肉眼能够看到的速度湍急地流动着。少年觉得，自己真的像水手一样，在大海上远航了起来。但这是一片他根本无法想象的海洋。

不久后，少年看到，一片星云在头顶渐渐变大。他认出了老人所说的旋涡形状。那片星云急速地转动着，向他们俯冲下来。

"你应该认识它，"老人说，"这是仙女座的那片星云，它其实是比我们的银河旋涡更大的旋涡，它朝向我们的银河运动着。"少年想起来，这片星云他曾经在海滩上凝望良久，努力想看清楚它究竟是什么，但总是模模糊糊，看不仔细，想不到真正的它却是这个样子的……

大星云覆盖下来，在纷乱中和银河融为一体。老人告诉他，它们已经合并为一个超级巨大的星系。

时间球脱离了原来的星系，漂浮在黑暗的星系空间中。少年看着新形成的星系在自己脚下转动着，从明亮的核心，几条巨大的银色"手臂"舒展开来，气势磅礴。他认出来，那些手臂，就是以前的银河。

但这是最后的辉煌了，很快，灿烂的星河渐渐暗淡，蓝色的星团消失了，然后是黄白色的星星，最后只剩下一些暗淡的小红星。星辰一一走向熄灭，虽然有新的星星出现，却愈加稀少。但星河之间的距离逐渐靠近了。少年看到，那些同样遥远的星云开始向他们靠近。

老人闭上眼睛，不再解说，少年又迷惘地看了一会儿，终于渐渐省悟，宇宙正在走向坍缩，走向死亡。

最后的时刻，近了。

而在垂死的宇宙之外，不知道有多少只"大鸟"正在等待着将它吞噬。那些可怕的猛禽，他们设下狡诈的诡计，让门修斯长老这样的潜伏者进入宇宙之中，将微小的时空剥离出去，用这种简单的方式，就能扼杀宇宙中的全部生灵，让它们随着坍缩而死去。为的就是自己食用方便，无人打扰。

这就是宇宙的结束，一个无比黑暗的终结。

但对于超膜上的世界，一切或许刚刚开始……而他很快就要见到这一切了。

少年思考着、害怕着、战栗着。老人似乎察觉出了他的恐惧，轻轻地用手抚摸着他的头发。这来自百亿年前亘古时代的一老一小，一对奇异的组合，就这样静静地看着宇宙的终结。

在坍缩完成的一刹那，时间球脱离了宇宙，进入了更高的——黑暗。

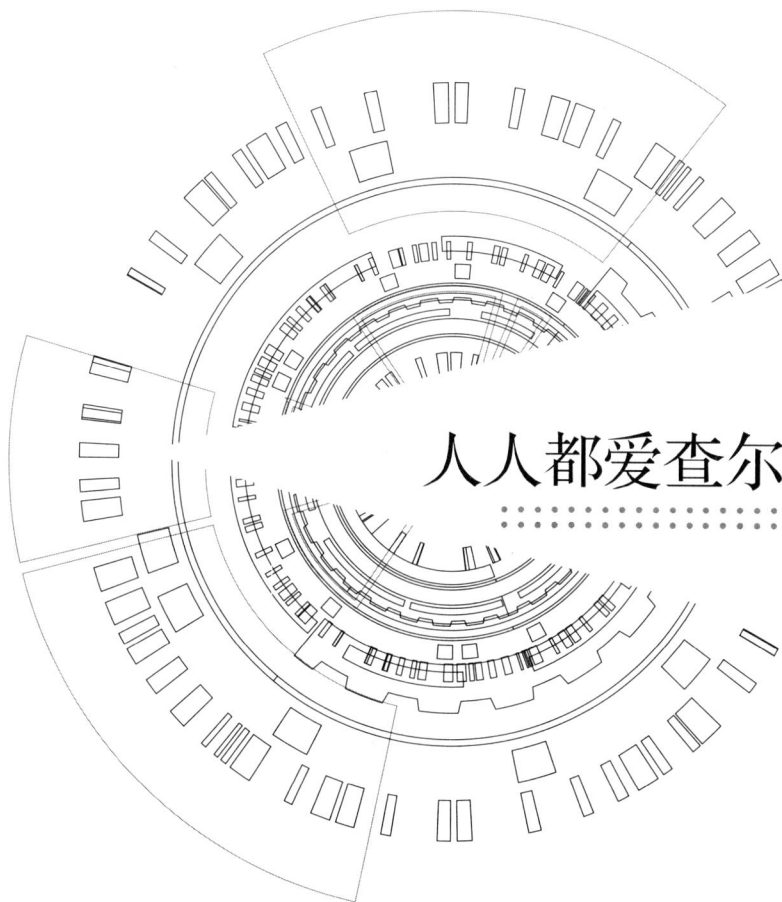

人人都爱查尔斯

1

　　他进入了太空，宛如获得自由的鱼儿跃出水面。

　　透过"飞马座号"的舷窗向下看去，最初是灰色的城市、棕色的小镇，然后是绿色的农田和黄色的沙漠，很快一切都被白茫茫的云海覆盖。等他钻出云海，已经在太平洋上空。世界变成了一个蔚蓝色的曲面，隐约显出巨大的球体轮廓，北美大陆是天边一线，亚洲隐藏在弯曲的海天线下面，整个地球被裹在一层朦胧的光晕中，那是大气层。而在他头顶，点点星光已经从暗黑色的天穹露出头。随着引力的减弱，他感到了失重效应，虽然身体被牢牢固定在座椅上，但是仍然感到自己在漂浮着。飞行器仿佛翻了个个儿，太平洋的无尽海水悬在他头顶，而身下是黑暗的无底深渊。这让他有一种错觉，觉得自己不是在太空，而是安睡在大海的底部，一切显得恬静而悠远。有那么几秒钟，查尔斯·曼觉得自己是世界上离尘嚣最远的人，似乎可以永远就这样飘荡在地球之外的空间里，融入太空的高远纯净。

　　但他很快想起来，不，应该说他一直都知道，这是一个不可实现的幻想。整个世界都在看着他，至少有十亿人在观看他的"直播"。"飞马座号"正在世界最高规格的航天飞行大赛——跨太平洋锦标赛之中。现在飞船正在大气层外以9.7马赫的高速射向太平洋西岸，目的地——日本东京。

　　像弹道导弹一样，比赛的飞行器往往在中途进入太空，以便最大限度减少空气阻力。在太空中，为节省燃料，基本依照惯性飞行，重新进入大气层后才会点燃发动机。因此有那么几分钟，查尔斯悠闲自在地观赏着窗外的蓝色星球，打开了座舱里的爵士乐，甚至发布了一条脑写的"维博"：

> 我感到自己离地球前所未有的远，在这一刻，'我'的存在，世界和我，变成了相对的两极，我就是我，不再是地球上芸芸众生的一分子，而是孤独的宇宙流浪者……

"飞马座号"的电脑屏幕上清楚地显示出了他的位置，他大约在阿留申群岛上空，一大队蓝色光点正从星星点点的岛屿上空向西移动，一个醒目的红点在它们前列，正是"飞马座号"自己。他的背后有一百多架飞行器，前面有三架，排在第四，还算不错，但还不足以取得名次。最前面的飞行器已经在一百多公里外，最近的一架也有十多公里。似乎是为了提醒他，背后一架银白色的飞碟迅速接近，很快从只有三百多米的近处悠然地从他左面掠过，像一颗流星一样划过。那是乔治·斯蒂尔的"仙女座号"。

"查尔斯，今天怎么不行了？"通话频道中传来乔治的讥笑。

"乔治，我只是在休息，欣赏欣赏太空美景，对我来说，比赛尚未开始。"

"恐怕对你来说，比赛已经结束了，伙计。"乔治反唇相讥。

"不，比赛现在刚刚开始。"查尔斯冷冷地说，接着按下了一个按钮。

骤然间，"飞马座号"抛掉了整个尾部，宛如蜕皮新生的蝴蝶。新露出的尾部喷管中吐出蓝色的强光，标志着核聚变发动机启动了，查尔斯感到了加速效应，有一股力量压得他几乎喘不过气来，这种熟悉的感觉却让他热血沸腾。减轻了一小半重量之后，"飞马座号"的速度短时间内提升了2.3个马赫，轻松地反超了"仙女座号"。

"Surprise！"查尔斯吹了一声口哨。

"这不可能！你怎么可能有12马赫的速度！"

"东京见，乔治，"查尔斯说，"如果你的小飞碟能撑到那里的话。千万别掉海里，我可不想在庆祝酒会的生鱼片里吃到你的戒指。"他知道上亿人都通过广播听到了这句俏皮话，嘴角泛起得意的微笑。

似乎为了印证他的预言，身后的"仙女座号"颤抖起来，显示出自己已经到达速度的极限。但它仍加速了一小段，进行了一番绝望的尝试，最后还是放弃了。

"你等着吧，查尔斯，总有一天……"乔治在电波里气急败坏地叫喊着。

查尔斯大笑着，风驰电掣，飞向前方，核聚变发动机全力运转着，将飞行器的速度推向顶峰。

"卡伦斯基！哈米尔！田中！游戏开始了！"

以梦幻般的速度，"飞马座号"超过了一架又一架飞行器，很快重新进入大气，启动了防护罩，空气在周围燃烧起来。"飞马座号"宛如灿烂的火流星划过太平洋的天空，落向日本东京。

在离东京不远的海上，"飞马座号"最后超过了田中隆之的"天照号"。为了降落，"天照号"不得不在离东京还很远的时候就开始减速，而"飞马座号"却嚣张地没有减速，从"天照号"的头顶飞过去，然后飞过了东京上空。

"查尔斯，你去哪里？再不停下来就要飞到西伯利亚了！"耳机里传来教练的警告。

但查尔斯在飞过东京后才开始全力减速，绕了一个圈子再飞回来，仍然赶在"天照号"之前降落在东京奥林匹克体育场的草坪上。查尔斯看到，满场的观众都起身为他鼓掌欢呼。

"查尔斯，恭喜你蝉联了冠军！"教练在耳机里说，"颁奖仪式将在一个小时以后举行，你准备一下致辞吧。"

"你代我领奖好了，"查尔斯说，"我还有一个浪漫的樱花约会。"

"别耍性子，这次是爱子女天皇亲自颁奖！晚上还有日本读者的见面会，你要赏樱花，明天我们会安排的。"

"我对女天皇没兴趣，"查尔斯大笑，"为什么要在没兴趣的事情上浪费时间？我对她的兴趣可远不如仓井雅。"他知道女天皇会因为自己把她和一个女星相提并论而气得浑身发抖，仓井雅听到后会莞尔一笑，亿万观众听后将和他一起开怀大笑。而这句话会登上全世界主要报纸的头条，至少是娱乐版头条。

"查尔斯，你实在是太……"

然而"飞马座号"已经再度起飞，在亿万观众的注视下升到高空中，消失在东京的高楼广厦间。

2

突如其来的微微刺痛让宅见直人睁开眼睛，有好半天他没反应过来自己身在何处。这是他的房间，大约只有七八平方米，一张榻榻米就占了一半，另一半是一张电脑桌，没有别的家具，不过他需要的主要也就是这两

样东西。

直人坐起身来，才意识到自己已经有七八个小时躺在床上，膀胱憋得有点发疼。许久没有进食，血糖已经低到了危险的程度，所以手腕上的健康监测仪才开始报警，如果再不吃点东西，健康监测仪就会断定他已经昏迷，直接向附近的医院发出求救信号。

直人去厕所撒了泡尿，接了一杯矿泉水，打开放在电脑桌上的药瓶，瓶子里是满满的高纯营养片，富含人体所需要的主要营养成分，并且能抑制胃酸的分泌，吃五片就相当于一顿饭。当然这玩意的味道不敢恭维，和塑料泡沫差不多。但是既然每天都可以享受鹅肝、松露和鱼子酱这些顶级大餐，谁还在乎这些！

直人倒了十片营养片，和着冷水吞服了下去。然后打开电脑，调出一个界面，分秒必争地敲打着一般人看来毫无意义的数字和符号。他在为一个金融管理软件编写代码，这份工作枯燥无味，好在收入不菲。他每天最多工作两个小时，这是维持他每天能在这个小房间里吃营养片活下去的起码收入。他不想为此付出更多劳动，但也没法做得更少了。

"必须赶快，"直人一边干活一边想，"不能再这么割裂了，这会破坏好不容易形成的内在协调性，必须快点回去……最多再有五分钟……"

但是偏偏有人呼叫他，直人皱了皱眉头，打开对话视频，一个胖胖的短发女孩子蹦了出来，是住在隔壁的朝仓南。她做了一个表示可爱的表情："直人，你在吗？"

废话。"在啊。"

"告诉你一个好消息，你知道吗？查尔斯来了。"

又是废话。"我听说了，怎么？"

"是查！尔！斯！"朝仓强调说，"查尔斯·曼，你的偶像哎！他刚才拒绝去领奖，说去和仓井雅约会了，现在轰动了整个网络，不过听说晚上他在银座那边还有一个见面和签名售书活动，这是千载难逢的机会，不如我们去看他好不好？我有一本他写的《彼岸之国》，想让他签名呢！"

"对不起，"直人根本没想就拒绝了，"我很忙，我要工作。"

"可你每天都在房间里工作，花两小时出去走走都不行吗？何况今天是查尔斯——"

"我赶着要交任务呢。"

"可是——"

"对不起，再见！"直人关掉了视频对话。

幼稚的女人，浪费我的宝贵时间，直人想。他知道朝仓暗地里喜欢他。可是在见过伊丽莎白·怀特、玛丽安娜·金斯顿、宝拉·克劳齐亚、杨紫薇等世界各地的影星名媛之后，再对着朝仓那张小圆脸，他实在提不起兴趣。何况朝仓的存在总让他想起自己是谁，而他现在最不需要想起的就是他自己。

不行，不能再在这个房间里待下去了，多待一秒钟都会令人发疯。直人草草结束工作，推开电脑，在榻榻米上躺下去，闭上眼睛，营养片已经开始消化，虽然胃里并不舒服，但是至少没那么饥饿了，可以再撑七八个小时。

建立连接通路，感觉信息传递，脑电波变为电磁波，又变成中微子束，然后再次变为电磁波和脑电波。

重力感同步：我站在什么地方；触觉同步：微风从我身上吹过，带着春天的暖意和海洋的潮润；听觉同步：风声和婉转的鸟啼；视觉同步：满目粉红粉白，凝结为千万树樱花，在春天的绿意中绽放着，一个穿着和服的女郎跪坐在樱树下，眉目如画，绽放笑靥，是仓井雅！

而我是查尔斯，独一无二的查尔斯。

3

"飞马座号"在箱根的一个小湖边降落。

仓井雅在湖边的一片樱花林中等着他。正当春深，这里的樱花开得如云霞般绚烂。地上已经铺上了洁白的野餐布，上面摆好了精致的海胆刺身和清酒。仓井雅穿着宽松的青缎和服跪坐在一棵樱树下，见到他，温柔而不失妩媚地一笑。"嗨，查尔斯。"她用流利的英语说。

"嗨，小雅。"查尔斯在她身边坐下，揽住了她纤细柔美的腰肢。

"我刚刚看了直播，"仓井说，"查尔斯，恭喜你再次蝉联世界冠军，干一杯？"她用白皙的手托起了小巧的酒杯。

"那个嘛，算不了什么，"查尔斯接过酒杯一饮而尽，顺便在她吹弹可破的脸上亲了一下，"你知道，我这么快飞过来，全是为了见你……"

"骗人！"仓井笑盈盈地说。

"真的，我们已经有好几个月不见了，我一直在想着你。"

"想着我？"仓井歪着头，似笑非笑地说，"哼，那你和克劳齐亚小姐是怎么回事？"

查尔斯微有些尴尬，含含糊糊地说："她嘛……其实你们都是很好的姑娘，都跟我的亲人一样……"

仓井雅聪明地没问下去，换了个话题："对了，我最近拍的那部电影你看了吗？我送了你首映式的票，不过你没来。电影叫作《北海道之恋》。"最后五个字她咬得字正腔圆。

"当然！你演得棒极了，宝贝。"查尔斯抚摸着她散发着樱花清香的秀发，"我非常喜欢……"

他努力回忆仓井雅扮演的人物名字，可惜想不起来，"……你演的那个角色，情感诠释得太到位了。"

仓井的嘴边露出了一丝浅笑，她知道这意味着世界上已经至少有一千万人听到了这句话，很快就会有上亿人在网上查询她演的电影，好莱坞仿佛已经在向她招手。"那查尔斯你说，你最喜欢哪一段呢？"她撒娇地问道。

"当然是……是结尾的那段，我觉得非常——非常感人……"查尔斯边回应边设法岔开话题，"对了，这里不是风景区吗，怎么一个人也没有？"

"这一带是私人的地产，地主是三上集团的总裁，听说你要来，所以免费让我们在这里约会，不会有人打扰的。"

"替我谢谢他，这里真的很美。"查尔斯望向四周，富士山头的皑皑白雪在远处发亮，千树万树的樱花在春风中摇曳着，落樱如雨，飘向凝碧的湖面。空气中都是清新的芬芳。

"这里会让梭罗妒忌得发狂，"查尔斯深深吸了口气，"我有一种预感，如果我住在这里，或许可以写一部比《瓦尔登湖》更优美的作品。"

"瓦尔登湖？是什么？"仓井雅不解地问。

"是……没什么，"查尔斯露出尴尬的笑容。

就在这时，远处传来马达声响，打破了湖边的宁静。查尔斯回过头，看到一个蓝色的小点在天边出现。"不会又是那些狂热的粉丝跟踪吧……"他咕哝着。

但小点迅速变大，旁边出现了双翼，查尔斯很快看到了机身上的日本国旗和下面的一行英文，居然是东京警视厅的空中警车。

警车在湖边降落，就停在"飞马座号"边上，一名女警从警车里出来，大步走到他们面前。

"先生，你是查尔斯·曼？"她用口音很重的英文问。

"是的，你是来要签名吗，小姐？"查尔斯嬉皮笑脸地盯着面前的女警，她很年轻，算不上很美丽，但身材挺拔，神态庄重，自有一种英姿飒爽的气质。

"查尔斯·曼先生，"女警面无表情地说，"我们怀疑你涉嫌从事恐怖活动，按照我国的反恐法律，请你跟我们回去协助调查。你有权保持沉默……"

我？恐怖活动？是某个拙劣的恶作剧？查尔斯回头望向仓井雅，仓井也是一脸莫名其妙的表情。

"等等，什么恐怖活动？"

"低空超速飞行，"女警简略地解释说，"超过2马赫已经违法，超过5马赫就是对城市的严重威胁，被视为有恐怖袭击的可能，而你刚才的速度超过了10马赫！按照《日本反恐特别条例》第七章第八十二款，必须立刻对你进行拘留审问。"

"开什么玩笑，你不知道今天有比赛吗？"

"是的，比赛有特殊规定，在一定区域内可以获得豁免，但是你很快再次起飞，仍然超过了法定速度，且超出了比赛的飞行范围，所以我们必须逮捕你。"

"你们要逮捕我？就因为超速飞行？这简直……"查尔斯怒气上涌，忍不住要大骂，但很快控制住了自己。查尔斯，保持风度，记住至少有一千万人在你身后。

"你们不能这么做，这太荒谬了！"仓井雅匆匆穿好了衣服，上前护着查尔斯。然后开始用日语和女警快速交涉起来，伴随着各种激动的手势。

不过查尔斯看出来这没有意义，对方不会退让的，警车里还有几个膀大腰圆的男警员。"好吧，"他平静下来，做了个打住的手势，耸了耸肩，"有机会参观一下日本的警察机构也不错，小姐，我将来可要把你写到小说里，你不会反对吧？"

"随您的便，"女警似乎松了口气，"如果您需要和律师联络的话……"

"已经找了，"查尔斯说，指了指自己的脑袋，意思是他的律师已经看到了他的直播，"对了，能否请问你的芳名？"他已经看到了她的胸牌，但是是他不认识的日文。

女警犹豫了一下，然后微微垂下眼睛，"细川穗美。"

"细川——穗美，"查尔斯重复了一遍，"你能否答应我一件事？"

细川穗美用询问的目光望着他，查尔斯摊了摊手说："你破坏了我的一个约会，所以等这件事完了之后，你可要赔我一个。"

"查尔斯先生，"细川说，脸有些发红，忘记了其实应该叫"查尔斯·曼先生"，"让我提醒你，骚扰警官在日本可是重罪。"她语气中带着几分恼怒。

但查尔斯分明在她的眼神中看到了一丝喜悦。

一股狩猎的兴奋从他的心底升起。

4

按照规矩，查尔斯被戴上手铐，在几名警员的押解下坐上空中警车，被送往东京警视厅，仓井雅被警方拒绝随行。一路上，查尔斯一直和穗美搭讪，穗美装作冷冷的样子不理他，但脸上偶尔也会露出笑意。旁边几个男警员的脸色自然要多难看有多难看。

当他们到达警视厅大厦的楼顶停车场的时候，几家本地新闻社的空中采访车已经闻讯赶来。还有一群粉丝不顾阻拦，喊着支持查尔斯的口号，驾着私人飞行器强行在楼顶降落。警视厅不得不又出动了七八辆空中警车，调来了几十名警员维护秩序，场面一团混乱。查尔斯在一群警察的簇拥下向入口走去。穗美在他身边，由于拥挤，常常尴尬地碰到查尔斯身上，触到他健美的身体。

"你知道吗，"查尔斯对穗美笑着说，"上次我在马尼拉搞签售会的时候也是，一大群菲律宾人冲过来要我签名，简直是人山人海……我还没什么，人群中一个女人摔倒了，后来才知道被摔得流产了，真可怜。"

"真的？那太不幸了。"穗美忍不住说。

周围忽然奇怪地死寂下来，一点声音也没有。只看到周围人头攒动，闪光灯此起彼伏。随后，重力感也没有了，查尔斯如同悬在自己的身体里，仿佛要飞起来，触觉也随之消失。然后眼前画面变为一片花白。他缓缓睁开眼睛，只觉得头脑昏沉沉的，头顶是陋室斑驳的天花板，身边的机箱还在嗡嗡作响。

他过了片刻才想起来，他不是查尔斯，只是宅见直人。

直人不知道发生了什么事，摇摇晃晃站起来，坐到电脑前上网查询，看到网上也在议论纷纷，无数人在破口大骂警方无事生非，不但看不成仓井雅的戏，还导致直播中断。不过很快有人给出了答案，东京警视厅出于保密原则，进行了中微子屏蔽，外界暂时无法接收到查尔斯的直播了。

"可恶的警员，正事不干，就知道妨碍大家。"直人大声咒骂着，在房间里转着圈。天知道直播要中断多长时间？两小时？八小时？难道要超过一天？那他该怎么办？整整一天里他不能再成为查尔斯，他们为什么不干脆戳瞎他的眼睛，扎聋他的耳朵？

他平静了一下，打开编程软件，想再编一段程序，但怎么也集中不起精神，一行内连着出了好几个错，根本无法工作。直人绝望地摔下键盘，躺回到榻榻米上，辗转反侧，浑身每一块肌肉都不自在，像毒瘾发作一样难受。周围的一切感知都是陌生的，他感觉离查尔斯越来越远，他本该高高飞翔的灵魂被困在宅见直人的卑微肉体之中。

门铃忽然响起来。直人终于找到一点可以转移注意力的东西。他跳起来，走到门口，在门边的显示屏上看了一眼门口站着的人，一个矮矮胖胖的女孩，是朝仓南。

"怎么是你？"直人拉开门，没好气地问。

"我……"朝仓窘迫地提起手上的一个饭盒，"我下午做了点便当，想请你尝尝。"

"我不……"直人看了看朝仓涨红的脸，把到嘴边的拒绝收了回去，"好吧，谢谢你。"

他去接便当，但是笨手笨脚地竟没接住，饭盒摔在地上，热腾腾的鳗鱼饭和油炸天妇罗撒了一地。"对不起，"朝仓忙蹲下收拾，"我怎么没拿稳……"

直人忽然感到一阵惭愧，"不不，没有的事，是我没接住。"也蹲下收拾起来。

他们手忙脚乱地弄了半天，总算把地板收拾干净了，朝仓很沮丧，"唉，可惜这些饭都不能要了。"

"没事，其实我吃过了，一点不饿……"直人犹豫了一下，"那个，进来坐坐吧。"

朝仓走进房间，四下看着，直人觉得脸上有点发烧，"不好意思，房间太乱……"

朝仓却嘻嘻笑起来，"男生的房间都是这样的嘛……我是这么听说的。宅见君，你每天都在房间里工作吗？"

"嗯，"直人倒了杯矿泉水给她，"现在在家里工作的人很多，何况我的工作只需要一台电脑就够了。"

"那你每天不出门，不和外面的人接触，不闷吗？"

"一点不闷，我可以……上网。"直人犹豫了一下说，"网上什么都看得到。"

"那是两码事，"朝仓认真地看着他，眼中充满了关怀，"你应该多活动活动，我看你脸色不太好，好像很久没出门了？"

"我没事……"直人含含糊糊地说。但朝仓已经看到了床头一个硕大的黑色六边形箱体，"这是什么？"

"没什么，这是电脑配的设备……"直人不想多说。但朝仓已经认出来了，"这是……中微子波转换器！难道你在接收感官直播？"

"这个……你怎么知道？"直人反问。

"我朋友里美家有个一模一样的。"朝仓说，"她说是用来收看感官直播的，可是我不知道具体怎么用。"

"这是一种接收中微子波并转换成电磁波的装置。"直人解释说，"用中微子通讯可以直接穿过整个地球，最少延迟，所以是最方便的；但因为技术原因，脑桥芯片无法接上笨重的中微子发射器，只能以电磁波的形式发送信号，通过附近的转换器变成中微子波束，再通过另一端的转换器变成电磁波。对了，你收看过感官直播吗？"

"没有，"朝仓叹了口气，"我一直觉得这东西很可怕。"

"可怕？怎么会？"

"别人的视觉、听觉、触觉传到你的大脑里，感觉好像是被妖魔附体了一样。"

"哈，哪有那么严重！"直人笑着摆手，"恰恰相反，是你附在别人身上，你可以看到他看到的，听到他听到的，知道他生活的每一个细节，多有意思！"

"说得倒也是，像我最喜欢的言真旭和金东俊，要能知道他们在干什么也挺好的。"

"言真旭好像没有开通感官直播，金东俊……我帮你上网查查。"直人在键盘上敲击了一阵，"有了，他去年开通了直播，每天大约有两个小时直播时间。"

朝仓也挤到电脑前，念着弹出视窗上的几行大字："你想和东俊哥合体吗？在东俊哥深邃的脑海里触摸他的灵魂，和东俊哥一起生活和工作，向你揭示出韩国演艺圈不为人知的秘密……哇！好厉害！"

但她很快又露出了害怕的神色："可是听说接收广播要切开大脑做手术，很疼的，这我可不敢。"

"没那么吓人，只是一个小手术，植入一块带发射器的脑桥芯片，并使它和各感官对应的脑神经连接。如果没有它，你不可能收到外来的广播，也不可能建立感官协调性。现在全世界有上亿人都做过这个手术了，日本就有将近五百万呢。"

"可是手术费用应该会很贵吧？"

"不贵，你肯定能负担，不过要接收金东俊的直播倒是价值不菲，你看这里写着——这些优惠条款都是虚的，不用管——每小时998日元。如果你每天都接收两小时的话，一个月得要五六万日元。"

"这么贵啊？"

"要不然金东俊为什么会开感官直播呢？"直人冷笑，"多少粉丝想要知道偶像的生活是什么样的，他眼中的世界又是什么样子的，用他的眼睛和耳朵去感知是什么感觉，就是10万日元一小时也有许多人愿意，当然财源广进了。这还是韩国的，好莱坞那些大牌明星的直播价格更是高得离谱。不过你放心，在他们设定的直播时间里，你不可能看到任何真实的东西，那些宴会啊，旅行啊，慈善活动啊，一切都是刻意美化的，只不过是变相的演戏罢了。"

"这么说感官直播也没什么意思嘛！"

"那些娱乐明星当然没有意思……"直人眼中闪着热烈的光，"但是也有一些非常有意思的直播。有一个名人，他每天基本二十四小时打开直播，而且全免费，你可以看到他生活中任何一个细节，完全是真实的人生，光明磊落，绝无虚假。他不是那些肚子里空空如也的明星，他有思想，有情趣，是一名才华横溢的作家，还是一名飞行家，而且还投入了慈善事业——"

"等等，你说的就是查尔斯？"

"是的，就是……"直人勉强把那个"我"字咽下去，"……查尔斯·曼，世上独一无二的查尔斯，那个大写的'人'。"他轻轻叹息了一声，脸色黯淡了下来。

查尔斯，我真正的自己，你现在怎么样了？

5

"你可以走了。"细川穗美的身影出现在拘留室门口，冷冷地说。

查尔斯一副早在意料之中的样子，从椅子上站起来，看了看表，"还不到七点，晚上一起吃饭？"

"我还有工作。"穗美还是淡淡的，"走这边。"

"你刚才不是说不能保释吗？怎么现在又放我走了？"

"你的那些崇拜者，"穗美没好气地说，"至少有十万人堵在警视厅门口，简直要把整座大厦给拆了。他们要求立刻恢复你的直播，半个东京的交通都瘫痪了。真不知道你这样的人怎么会有那么多人喜欢？"

"因为有支持者抗议，你们就放了我？"

"既然你不是恐怖分子，上面决定这件事不必追究了，警方不会起诉你，走吧。"

"不，"查尔斯摇头，"如果你们不打算起诉我，又为什么要抓我？我要求一个合理的解释，否则我不会离开警视厅。"

"你……"穗美瞪着查尔斯。

一个高大的金发女人适时出现在她背后："这完全是日本警方的失误造成的，你们应当向查尔斯·曼先生道歉。"

"丽莎，"查尔斯招呼自己的经纪人，"我等了你半天，你怎么现在才到？"

"麦克唐纳那边已经处理好了，"丽莎对查尔斯点点头，"查尔斯，因为你当时并没有离开飞行器，所以可以视为比赛并未结束，顶多是意外偏离航线，在箱根迫降……你没有违反日本法律，他们无权扣留你。日本警方应该为浪费你的宝贵时间正式道歉，我们将在各大媒体发表声明，并保留法律追究的权利。"

"算了，"查尔斯大度地说，"只要这位美丽的小姐和我共进晚餐，警方那边我可以都既往不咎。"

穗美忍不住想反唇相讥，但电话铃声急促地在她耳边响起，接通之后，她的脸色微微变了，是警视总监亲自打来的。

"查尔斯，"丽莎拉过查尔斯，低声说，"你必须尽快离开这里，恢复直播。现在有几百万人在网上抗议了。"

"干吗那么急？难得清静几分钟。"

"不，你必须尽快恢复直播。"丽莎的口吻不容拒绝。

查尔斯看了丽莎一眼，她脸色平静，看不出喜怒。查尔斯不禁有些发怵。当他刚刚出道、诸事不顺、遇到人生最大瓶颈的时候，丽莎·古德斯坦主动来到他身边，帮他打理一切，无论是比赛、写作还是公众活动，都是她安排的。在查尔斯的灿烂星途上，丽莎功不可没。查尔斯一直谈不上喜欢丽莎，甚至有些怕她。但他知道自己离不开她。近年来，随着查尔斯的发展如日中天，丽莎越来越多地顺从他的意思，但每当丽莎坚决表示自己意见的时候，查尔斯还是无力否决。

"好吧。"他不情愿地说。

丽莎也放缓了口吻："查尔斯，你知道随时有一千多万人收看你的直播，有一百二十万人每天收看五个小时以上，有三十万人差不多无时无刻不在收看你。因为你的广播几乎从不中断。人们信任这一点，刚才的广播中断了两个小时，已经有很多人无法忍受了。"

"但他们可以收看别人的直播，全世界至少有十万人开着直播。"

丽莎笑了，"别人怎么能跟你比？你可是独一无二的查尔斯。不过别忘了，每天都开直播的人可不少，许多人想取代你，如果你再不开直播，可能会有很多人转向其他直播者，对你会很不利。"

"是的，我……明白了。"穗美挂断了电话，板着脸对查尔斯说，"查尔斯先生，我在此代表东京警视厅向你郑重道歉。"说完了她深深地鞠了一躬。

查尔斯笑了："没关系，我想尝尝日本的小吃，现在你能陪我一起去吧？"

穗美不置可否，"请这边走。"

丽莎脸上现出了暧昧的笑容，侧过头在查尔斯耳边低声说："整个世界都在看着你们，征服她，收视率会再翻一番的。"

6

"宅见君？你怎么了？"

"嗯？"直人回过神来，发现朝仓正关切地看着自己，"对不起，你说什么？"

"我是问你，收看别人的感官直播是什么感觉？"

"这个很有趣味。"直人想了想说，"首先需要一个磨合阶段，无论收看任何人的直播都是这样。一开始不会很顺利，你看到的颜色不像颜色，听到的声音不像声音，好像是在看20世纪的2D电影，有一种无法形容的古怪。人与人的感官生理上差不多，但神经元结构上总有微妙的差别，所以你必须非常努力才能把握这些感觉的意义，更不用说体会其中的细微差别了。你会有好几天都觉得云里雾里，很不真切，然后某一天，突然像顿悟一样，真正感到那些感觉是你自己的。"

"你能感到那个人身上所有的感觉吗？"

"差不多是所有的，视觉、听觉、触觉、嗅觉、味觉、重力感、冷热感……以及身体痛苦。比如，如果直播者的手被一根针扎了，你也会感到同样的尖锐刺痛感，不过因为信号的过滤，在强度上要低一些。这是对接收者大脑的一种保护。你知道英国歌手菲利普·波尔特吧，三年前直播的时候忽然被一名狂热的粉丝在腹部连捅十多刀而死，两万收看者同时痛得死去活来，其中近五百人立刻昏厥，三十多人因此猝死……那是轰动世界的大新闻，从那以后就加强了对接收者的保护，以防直播者出现险情时危及他人。"

"嗯，那么……"朝仓问，"快乐呢？直播能传递快乐吗？"

"这个……"直人想了想，"一般来说无法直接传递快乐，快乐涉及人整体的状态，不是个别的感觉。但某些生理性的愉悦感是可以传递的，比如享用美食的感觉。"

"那你也不知道对方在想什么了？"

"是啊，无法知道。各种感觉都有固定的脑活动区域，但是思想没有。思想是大脑各区域协调工作的产物，不可能定位到具体的部分，而且依赖于特殊的记忆模块，难以一一对应地传递。实际上，正是因为思想无法传递，人们才敢于进行直播，因为他们心中还能保留一块自己的隐私之地。"

"所以，收看一个人的直播是什么样子呢？"朝仓越发好奇了，"你能看到他看到的，听到他听到的，就像活在他身体里那样，但是你又不知道他在想什么？而且也无法控制他的身体动作？感觉好像自己的身体被别人控制了一样，那应该很别扭吧。"

"你说得不错，"直人的谈兴被勾了起来，忽然很想倾诉他这几年的心得，"但请注意，这只是第二阶段！下一阶段就是建立意识协调性。也就是说，你要和他建立同步的思想活动，以配合他的动作，就好像那是你自己的动作一样。"

"这怎么可能呢？"

"有点难，但并非完全不可能，你必须尝试。首先得学会放弃自己多余的想法，习惯直播者的生活和做事方式，当然也要学会理解他用的语言。当你做到了这些之后，你在大部分情况下可以像直播者那样去思考和行动。实际上这并不像你想象得那么艰难。人大部分的念头和行动建立在身体感受上，当把直播者视为'自己'之后，也就得到了打开'自己'的钥匙。比如面前有杯香喷喷的咖啡，端起来喝一口不是很正常的动作吗？"

"但是……总有一些事情是接收者无法想到的吧？比如一些比较高级的思维过程和决定。"

"呃，是的……所以需要你用心去体会。但也有一些技巧，你必须什么也不去想，把自己的内心空出来，让接收到的感觉带着你走。这样经过一定时间，你会感到自己渐渐和直播者建立了冥冥中的感应，就好像你变成了他本人一样。"

"那你只能和一个直播者建立这种关系吧？"

"理论上当然不止一个人，不过同一个对象是最理想的。如果经常调换接收对象，就很难保持意识协调性了。"

"可这是为什么呢？"朝仓问。

"什么为什么？"

"为什么你想要感到成为直播者本人呢？这不是过分的想法吗？我们希望了解直播者，并不代表你要成为他本人啊？何况这也是不可能的。"

"怎么不可能？"直人有些恼火，"你没有尝试过，所以完全无法体会那种奇妙的感觉，那种灵肉合一的理想状态，那种你真正拥有另一种生活，另一种人生的感受……你要是体验过就不会那么说了。"

"嗯，大概是我不了解，"朝仓无意争辩，"不过宅见君，你也应该多出去运动一下啊。附近新开了一家体育馆，我每天都去打球或者游泳，我们一块去吧？"

直人觉得有些可笑，他今天刚飞行了上万公里，从地球的一边飞到了另一边，现在这个小姑娘要带自己去运动？她懂什么！

不过查尔斯的直播看来一时半会儿无法恢复，那么不管怎么说，总需要打发时间，或许这也是一个不错的选择，总比在家里不知干什么好，不如……

"这么说的话，"直人点点头说，"我就——"

"叮咚"的提示音在他耳边响起，脑桥的芯片将信息传达进他的脑海，天，查尔斯的直播又开始了！

"——我过两天再去吧，谢谢你！"直人忙打了个哈欠，"对不起，我有点累，现在想先睡一会儿……"

"可是……"朝仓无力地抗议着，但终于被直人请了出去。

直人关好门，热血沸腾地躺下，觉得眼前的陋室又变得美好而温馨，接下来会发生什么？我会和仓井雅、细川穗美还是其他什么人在一起？做什么事情？怎样打发这个美好的夜晚？

无论如何，真正的生活又开始了。

7

查尔斯戴着墨镜，手里拿着一串章鱼丸子，坐在秋叶原街头的一家小吃店里，津津有味地咀嚼着。细川穗美坐在他对面，面前的一碗豚骨拉面一口也没碰过。虽然经过初步掩饰，但店里的不少客人还是认出了他，跟他打招呼，查尔斯也挥手致意。还不时有人来要签名或合影，但都很礼貌有序。

穗美左右看看，稍稍松了一口气，"你就这么大摇大摆地坐在这里，不怕被那些粉丝围堵？"

"不怕，我的粉丝当然会第一时间收看我的直播，既然他们可以直接看到我在干什么，为什么还要跑来围着我们？对了，你怎么不吃面？"

"我……还是没法适应，"穗美觉得自己脸上发烧，"这种一千万人都在盯着我们的感觉……"

"不是盯着我们，"查尔斯笑嘻嘻地，"是盯着你，一千万人在通过我的眼睛看着你。"

"反正感觉很不对劲。"穗美嗔道。

"刚见面的时候，你可没那么紧张。"

"因为我不太清楚这些什么感官直播的玩意，刚才你跟我说我才知道的。这是近几年才兴起的吧？"

"不，有十年了，我是最早进行直播的人之一。"

"哦对，不过近几年才在东亚普及的。日本是一个重视个人隐私的社会，我很难想象如何完全公开自己的一切。"

"并不是一切，"查尔斯微笑着说，"至少我上厕所的时候一定会暂时关闭直播，要不然可太臭了，没人爱看。"

"但是你的各种生活，甚至……"穗美不由吞吞吐吐起来。

"全世界都在看着你酣畅淋漓地享受的感觉也是很棒的，"查尔斯对她眨眼睛。

查尔斯大胆地继续发动进攻，"也许你应该尝试一下新的生活方式，现在天体运动在日本也流行了，何况——"

"听着，查尔斯先生，"穗美有些羞恼地直视着他，一字一顿地说，"不是所有人都欣赏你这套生活哲学。因为不得已的缘故，我受一些上级人士的嘱咐尽力招待你，但吃完这顿饭，我们从今之后再也没有任何关系，你懂吗？"

看来是块难啃的骨头，查尔斯想。他摊了摊手，"当然，那是你的自由。"

曾经有好些个女孩对我说过类似的话，查尔斯想，因为她们对暴露在公众面前最初有一种本能的恐惧，但是不久后，她们就离不开这种被全世界关注的美妙感觉，她们会一个个爱上这种新生活，放弃之前的固执……细川穗美也许会和她们一样，但如果不一样，或许更有意思……

三个七八岁的男孩蹦蹦跳跳地走到他们身边，打破了二人间的沉默，对查尔斯说："こんばんは、チャールズ様！"

"konbanwa！"查尔斯知道这是"晚上好"的意思，笑着学样说。

孩子们用日语叽里呱啦说了一堆话，查尔斯不解地看着穗美，穗美只好充当翻译："他们说下午看了你飞行的直播，说很喜欢你，将来也要做像你这样的大飞行家和作家。"

查尔斯摸了摸一个男孩的小脑袋，"孩子，做不做作家或者飞行家并不重要，重要的是，做你自己，去做你心里想做的。"

"可是我就想当一个飞行家，太帅了！"男孩说。穗美又为他翻译了。

"那就先做一个小飞行家！你可以先去三维虚拟机上体验一下，参加虚拟飞行比赛。"

"虚拟的太无聊了，我想开真的飞行器，就像您的'飞马座号'一样！"

"事情总要一步步来，"查尔斯耐心地说，"如果你真的热爱这项运动，首先就会喜欢上虚拟机。或者你也可以多收看我或者其他飞行家的直播，能从中学到很多东西——对了，儿童不宜时段除外。"

一番问答后，孩子们拿着查尔斯送给他们的签名照片高高兴兴地走了，穗美撇了撇嘴，"你还挺能说的。"

查尔斯笑笑，"我只是说出自己内心的想法。这是我一直坚持的价值观，每一个人都该做他自己，实现自己的价值。我不是什么高高在上的偶像，要人去顶礼膜拜。我开放直播和其他人不一样，我只是想让大家都了解，查尔斯就是这样一个人。"

"你不是靠这个赚钱的吗？"穗美尖锐地说。

查尔斯皱起眉头，他最反感这种误解，"你错了，我不用靠这个，无论是作为飞行家还是作家，我的收入都可以维持一份相当舒适的生活。我的直播也完全免费，我没有从中获得过一分钱的利润。"

"对不起，我不是那个意思。"

"没关系，"查尔斯耸耸肩，"有很多人都这么看我，我也无力改变别人的想法，我只是不希望我的朋友误解我。如果你了解我，应该知道在开始直播之前，我就发表了好几篇小说，并且拿了跨太平洋飞行赛的季军，我根本不需要靠直播来增加自己的名声。不错，这些年我顺应了直播时代的发展，现在随时都有上千万人收看我的直播，但我一向认为，我作为个人并不重要，重要的是我代表了直播的理念。这个理念并不是要摧毁个人隐私，而是共享更多的信息，分享彼此的苦乐。在这个过程中，人们在从直播中丰富自己的生活经验的同时，还能更真切地理解自己内心，知道自己的价值在哪里。"

"说得也有些道理……"穗美若有所思，"但总有无数人盯着你的一举一动，还是太……太不自由了。"

"这么想其实是不自信的表现，"查尔斯不以为意，"我就是我，独一无二的查尔斯，即使被亿万人看着，我的自由也不会消减。"

"也许因为你是美国人，"穗美说，"你们美国人一向充满了自信，但日本人不是这样，从小父母都教给我们太多的礼仪，我们必须学会在别人注视下规范自己的行为，因此我们更渴望自己的私密空间。我记得，在我读幼稚园的时候，我和其他孩子每天都在一个小花园里面玩耍，说是玩耍，其实还是要遵守很多规矩。那个花园的尽头是一排树，树的后面就是墙，但事实上在树和墙之前还有一小片空间，只是一般人注意不到。有一次，我发现了那么一小块地方，上面有几丛野花。虽然是树枝下普通的一小块地方，但我开心极了，每次都偷偷爬到这里来自己玩。我不是不愿意和朋友分享，而是只有在我一个人在这里的时候，才会感到安静和放松。我可以一个人傻笑，或者一个人流泪，不会有人打扰。可惜没过多久，这里被其他人发现了，好多人都跑过来，践踏那些草地，采摘那些野花，我的小世界也就毁了。"穗美有些黯然，她不知道自己为什么会和查尔斯说这些，她和其他人都没有说过，现在倒好，全世界都知道了她的童年秘密。

查尔斯有些动容，想了想说："但那是别人破坏了你的小花园，他们并不只是在一旁看着你。"

"不，他们事实上有没有破坏区别不大，只要他们在那里，我的感觉就被毁了，我就不再是我自己了。难道你没有过这样的感觉？"

"这个……大概小时候会……"查尔斯第一次有些犹豫，"不过现在早就没了。"

穗美看着他，眼波流动，"那么我倒有一个建议：关掉你的直播，感受一下在自己的世界里，一切只属于你自己的感觉。也许你会感到有区别的。"

"关掉直播？"

"也许只需要一分钟，你就会感到有什么不同。"

"不行，这会破坏我对收看者的承诺……"

"查尔斯，你不是说你推崇的价值是做自己想做的事吗？"穗美有些嘲讽地说，"难道仅仅是一个实验，你都不敢？"

"这个……"

"查尔斯，你不能听她的！"查尔斯眼前跳出了一个虚拟视窗，是丽莎通过脑桥芯片输入他视觉神经的，只有他自己能看到，收看者那边都被过滤掉了。

"可是，我只是想试一两分钟而已。"查尔斯也将自己的念头通过芯片发射出去。

"一秒钟也不行，几千万人在盯着，这关系到你的形象！"查尔斯仿佛看到丽莎声色俱厉的样子。

穗美察觉到了查尔斯的细微动作，她猜到了他是在用脑桥芯片和他人联络，她似笑非笑地说："我猜，是你老板不让吧？那就算了……"

"老板？"查尔斯被激怒了，"我没有老板，我就是我自己的老板，不需要听其他任何人的！"

他用大脑命令智能芯片停止直播，并在心里念出控制密码进行了确认。刹那间，似乎有一种嗡嗡的背景音消失了，四周异常地安静下来。这不是他第一次中止直播，但是第一次为了中止而中止。感觉似乎确实不同。现在，无论他说什么，做什么，都只有眼前的这个女孩知道了。他和她之间一下子奇妙地亲密起来。

"感觉如何？"穗美问。

"没什么特别嘛，"查尔斯轻描淡写，"不过还不错。"

不，不是那么简单。仿佛世界消失了，只剩下他和对面的女郎，但又仿佛一个新的维度打开了，通往一个无限延伸的深邃空间。

8

宅见直人喘着粗气，在一片蕨类丛林中狂奔，身后一头张牙舞爪的霸王龙追赶着他，每迈出一步，大地都发出震颤。但它走得不快，如同猫戏

老鼠一样不紧不慢跟在他后面。直人几乎能感到它鼻子里喷出的热气。

直人竭力迈动步子，要逃离怪兽的魔爪，但越跑越大汗淋漓，腿脚酸软，脚步不由慢了下来。没多久，霸王龙一个大步，反超到了他前面，转过硕大的身子，张开血盆大口，向他的脑袋咬去。直人不由大叫一声，瘫软在地上。

霸王龙和丛林消失了，变成了一行行浮动的数据："距离546米，时间116秒，平均速度4.7米/秒，肺活量1250毫升，健康状况B－……"

朝仓的小圆脸朝他俯下来，直人趴倒在三维视景跑步机上，累得说不出一句话。

"才跑了五六百米就不行了？"朝仓嘻嘻笑着说，"我都能跑一公里呢，直人，你真是太久没锻炼了。"

直人总算能爬起来，喘息着说："什么事……都得……有个过程嘛……"

"那咱们继续吧，我把恐龙的速度再调慢点？"

"不行……我得……先歇歇……"

他们坐到一边的视景躺椅上，自动便有凉爽的微风吹拂，面前出现了碧海蓝天的视景，涛声起伏。旁边还有两杯冰镇柠檬汁，这倒是真的。

凉风习习，一大口柠檬汁下肚，直人惬意得似乎每个毛孔都张开了："好久没有这么舒服过了，运动过以后再来这么一杯，感觉太棒了。"

"在看查尔斯的直播的时候你也会锻炼吗——我的意思是，也会有锻炼的感觉吗？"

"倒是有……"直人说，"不过查尔斯的身体永远是那么健康有活力，我这身子没法比，再说因为有痛苦感的阈限，所以从来不会感到太累的。"

"所以啊，以后跟我多来这里锻炼吧！"朝仓笑盈盈地，"我们去游泳吗？"

"快看，查尔斯这混蛋终于滚出来了！"直人还没回答，旁边突然传来一声叫喊。

直人向一旁看去，看到墙壁上的投射屏正在播报新闻："昨日在东京秋叶原失踪的著名美国飞行家查尔斯·曼在失去联络17个小时后，于今日午间重新现身，他身边还有一位日本女性，亦即最新的绯闻女友细川穗美小姐……"

查尔斯又出现了！

昨天晚上，查尔斯听了穗美的怂恿停止了直播，此后一直没有恢复。直人手足无措，最后赶去秋叶原，结果刚出地铁，就看到人山人海涌向查尔斯所在的小吃店，却只看到查尔斯的"飞马座号"拔地而起，消失在夜空中。据说查尔斯和穗美两个人遨游太空，享受二人世界去了，然后整整一夜都没有消息。直人左等右等，一无所获，今天百无聊赖之中和朝仓一起来健身房，想不到总算有了查尔斯的消息。

"……查尔斯拒绝接受采访，只说是飞船失去动力。但据媒体报道，他的飞船在近地轨道上停留了一夜，而细川小姐当时也在舱中……"

"反正我算看出来了，查尔斯说的那套什么自由啊共享啊都是假的，到时候直播还不是想关就关，根本没把我们当自己人。说穿了和其他明星有什么两样，一样的货色。"直人听到旁边有人说。

"你这么说就不对了！"直人忍不住站起来抗议说。

那人也是个二十多岁的青年，诧异地看了直人一眼，反唇相讥："我说什么关你屁事？"

"如果你喜欢查尔斯的话，怎么能这么说？你们不了解他吗？很可能只是芯片故障嘛！"

"原来是查尔斯的脑残粉，"青年不屑，"什么故障，你没听到昨天的直播吗？他说了是自己要停止直播的。"

"这个……就算是，那只是暂时的，以前在布拉格和仰光的时候不也有过这样的暂停吗？你难道不理解人家需要有点自己的隐私吗？"

"我又不是那家伙的崇拜者，"青年冷哼说，"我收看他直播，只不过为了猎奇，过把干瘾，结果他还停止了直播，那我还看什么？可笑！"

"你这种素质的收看者，根本就不配去收看查尔斯的直播，你怎么能理解他的生活理想？"

"这么说你倒是理解，可到头来不还是被他一脚踢开吗？白痴，懒得理你！"对方冷笑一声，扬长而去。

直人气呼呼地坐下，一肚子火不知道往哪里发。

新闻中继续播报着："……查尔斯的经纪人丽莎·古德斯坦女士表示，昨天的直播中断只是由于技术故障引起，目前直播已经完全恢复，她代表查尔斯为引起的不便而致歉……"

"直人，你不会又要赶回去收看查尔斯的直播吧？"朝仓小心翼翼地问。

"别问我，不知道！"直人恶声恶气地说。

"问问而已，你不用这么凶吧？"朝仓咕哝着。

"不好意思，"直人调整了自己，"我只是……"他不知说什么好，又颓然地躺在椅子上。

直人的心里也在怨着查尔斯，这家伙凭什么关掉直播，凭什么中断我和他之间的联系？这些日子以来，他几乎已经能够感到自己融入了查尔斯的灵魂。当他说要关掉直播的时候，直人甚至发出了赞同的呼声，而没有想到自己会被屏蔽在外面。但是下一秒钟，直人就被抛回了自己的房间里。

那时，他才痛苦地感到，自己永远无法成为查尔斯，只是依附在查尔斯身上的游魂。

三四年来，直人几乎无时无刻不在收看查尔斯的直播，每天他都生活在查尔斯的生活里，和他一起面对一切，一起参加竞赛，一起构思和写作，连英语都练得比日语更流利，几乎已经忘了自己是谁。只要他仍然把自己当成查尔斯，就可以取得一个个令人瞩目的成就，参加上等阶层的酒会，周游世界，住七星级酒店，享受粉丝的热爱……

但最重要的不是这些，而是查尔斯身上体现出来的个人价值、自由精神和充满自信的生活方式，在查尔斯身上，他才感到自己活得像一个人。而他本人呢，宅见直人，一个不得志的程序员，一个人生的失败者，工作没有前途，日子了无生趣，和父母关系冷漠，女友跟别人跑了，连说得上话的朋友也没有，几年前他甚至想过自杀，如果不是收看查尔斯的直播拯救了他，他说不定早已经过了黄泉比良坂。

是查尔斯给了他新生和希望，重塑了他的灵魂，让他觉得自己可以有价值和尊严地生活。但现在，这一切又变了。直到昨天，直人才真切感到，查尔斯可以随意停止直播，切断对他来说不可分割的联系。过去的一切不过是自己一厢情愿的臆想，他纵然拥有和查尔斯一样的灵魂，却也无法真正拥有他的生活。

他还是宅见直人，也只能是他自己。不过，今天的经历让他觉得，或许暂时做回宅见直人自己，也不是什么坏事。当然，他还会收看查尔斯的直播，但不是现在……

直人下定决心，站起来，伸了个懒腰，"朝仓，我们继续跑步去吧！今天我要跑够三公里呢。"

"好啊！"朝仓开心地笑了。

9

"查尔斯，我再重复一遍，你不能这么做！"丽莎在电话里怒气冲冲地咆哮着。

"丽莎，我跟你说过至少十次了，"查尔斯坚决地重申，"以后我和穗美在一起的私人时间不会进行直播，这是我的决定！"

"所以你每天的直播时间减少到了不到八个小时？这会扯断你和那些粉丝之间的纽带。这一个月以来你的收视率狂跌不已，上周只有不到两百万人还在收看你的直播了，你已经从收视冠军的宝座跌到第十名以后了，醒醒吧，现在那个丑星小金凤的关注者都比你多！"

"那就让他们去关注小金凤好了，对我不会有什么损失。"

"查尔斯，"丽莎像在抑制住自己的不耐，放缓语气说，"听着，我们需要仔细谈谈，越快越好。"

"改日吧，"查尔斯冷冷地说，"今天是我和女友认识一百天的纪念日，今晚我可不想被人打扰。"

"可是——"

查尔斯不客气地掐掉了电话，对面的穗美眉毛一扬，"什么事？"

"只不过是工作上的事，没什么大不了的。"

"那我们继续吧！还没玩够呢！"

穗美笑着抓住他，查尔斯拦腰一抱，穗美就半倒在他怀里。忽然穗美从他怀里挣脱，查尔斯感到脚下一绊，重心失衡，反而摔倒在地下。

"哈哈，你又输了！"穗美拍手大笑。查尔斯不由庆幸自己关闭了直播，要不然自己摔跤输给一个纤纤女郎的样子就会被全世界看到了。穗美毕竟是受过正规格斗训练的，看上去娇小柔弱，但真正玩起摔跤来，他总是输多赢少。

"快，认赌服输，变成小马！"穗美不等他站起来，就骑到了他身上……查尔斯只有苦笑着承担了马匹的角色，狼狈地乱爬起来。

从什么时候起，潇洒不羁的查尔斯变成了现在这副模样？

说来也巧，那天查尔斯关闭直播后，一堆无所适从的粉丝跑来围堵他，查尔斯和穗美只有乘着"飞马座号"狼狈离去，却忘了飞船的燃料几乎耗尽，到了太空就动弹不得。查尔斯打开直播，想要呼救时，才发现飞船上的中微子转换器也没有了电力供应，和外界全然失去联络。而他一次简单的饭后散步变成了在太空中十几个小时的惊魂漂流。

但也正是那次经历，大大拉近了他和穗美的距离。穗美从没有上过太空，那天因为失重飘来飘去，喝水都喝不进嘴里，不免有许多尴尬场面。那天并没有像人们想象中那样发生什么，但几天后，查尔斯带着一飞船的玫瑰再次飞到日本，软磨硬泡开始了第二次约会……他们终于成了情侣。只是穗美有一个原则，在他们约会的时候，决不能打开感官直播。查尔斯答应了下来，而不久后，他就在这种私密关系中发现了新的乐趣。他会去做许多从前根本不会想去做的事，扮小猫小狗，说白痴兮兮的情话，像孩童一样打打闹闹，怎么轻松怎么来，而不是在全世界的注视下，完美地展现他的男人的一面。

在许多年之前，查尔斯也曾经有过这样放松的人生岁月，只是直播年深日久，他已经忘了过去的自己。

今晚，在查尔斯新买下来的箱根湖边的别墅里，又是一次温暖而自在的约会，没有那么浪漫，也不一定很激情，但可以由着他们胡闹。

"喂喂，骑够了没有？"查尔斯抗议着，把背上的穗美掀了下来，"あなた……"他学会了日语中表示老夫老妻的称谓，"我爱你……"

"嗯……"穗美目光迷离，双唇呢喃而湿润。整整一个夜晚在他们面前，不会再有其他人注视，这个房间完全是属于他们的……

他伸出手，要解穗美的衣襟，却颤抖着指向了另一个方向。

他的一记耳光狠狠地抽在了穗美脸上。

穗美的微笑凝固在脸上，她呆住了，一句话也说不出来，双目难以置信地望着查尔斯。

"查尔斯？"过了片刻，穗美才叫了出来，"你疯了？"

查尔斯面目狞狞，脸上的肌肉不住抽动，抬起手指着门口，言简意赅地说："滚！"

"查尔斯，你怎么能对我——"

查尔斯粗暴地推开她，"出去！"

穗美惊骇欲绝，怔怔地盯着查尔斯看了半天，终于爬起来，披上外套。"查尔斯，你真是个混球！"她飞起一脚踢在查尔斯的裆下，然后头也不回地冲了出去。

下体传来的疼痛让查尔斯弯下了腰，然后跪倒在地，双手撑着地板。喉咙痛痒难当，他剧烈地咳嗽起来，几乎连肺都要咳出来，眼中都是泪水。四肢也都在奇异地抽痛着，不知过了多久，当他从肌体的苦楚中稍稍恢复过来时，才发现面前有一双红色的高跟鞋和一对修长的丝袜美腿。

查尔斯抬头望去，看到了丽莎·古德斯坦熟悉的面容。

"丽莎？"查尔斯惊讶地爬起来，"你怎么来了？"

丽莎的表情似笑非笑，"你不肯来找我，我只有自己来了。"

"可是你怎么知道我在这里？我明明是关闭了位置查找的功能，还有——"

丽莎没有回答，却反问："一巴掌赶走自己的女朋友感觉如何？"

查尔斯又感觉到眼前开始模糊，"你怎么知……这么说，刚才难道是……是你……"

丽莎轻轻抚摸着他的脸颊，用悲悯的口吻说："查尔斯，查尔斯，不要怪我，这是你逼我们的。"

最可怕的怀疑被证实了。他瞪圆了眼睛，喃喃说："你能通过芯片控制我的肢体？是你的人在操纵我？可是，那种芯片怎么会……怎么……我以为只是单方面输出的。"

"不存在纯粹的单方面输出，其他人能够通过中微子波束接收到你的脑波，你也能接收到其他人的。"

"可我以为只是感官知觉，想不到居然……"

丽莎的目光中带着不屑和怜悯，"查尔斯，你不知道的事情还很多呢。让我们从头说起吧，你记得十年前的那个秋天吗？那是你初赛告捷之后的第二年，你花了几十万改装飞船，参加飞行比赛，雄心勃勃想要夺冠。结果一败涂地，血本无归。你走投无路，打算放弃自己的飞行事业，回家接手你父亲在田纳西乡下的小农庄。"

"我记得，是你在一个小酒吧里找到了喝得烂醉如泥的我。"查尔斯回忆着，那是一段他平素不愿意去想的记忆，"当时你告诉我，你是一个脑科学实验室的工作人员，正在试验一种脑桥芯片，可以实现不同人之间感知功能的共通。如果自愿参加，成功了可以有二十万美元的酬劳，如果损害我的健康，更有极其高昂的补偿金。我为了筹集下一次参加比赛的资金，接受了手术，不久就开始了实验性质的直播。"

"但事实上，那不是真正的实验，"丽莎接口说，"十五年前，贝尔实验室发明了一种芯片，可以嵌入人的脑桥部分，本来是用来实现脑机关联，结果不甚理想，却意外地发现，它可以实现不同人之间的脑波传递。在你之前已经有过好几次实验，动物的、人的，技术上都很成功。但这项划时代的发明找不到用场，没人想在脑子里装一个金属盒子，把自己的意识状态传递给别人，虽然他们并不反对看到别人的。

"为了推广这项技术，我们找了几个普通人，许以优厚的报酬，说服他们进行直播，这倒是问题不大。可问题是，除了个别好奇心过剩的家伙，同样没有人愿意在自己脑子里动一刀，就为了看到区区几个无名小卒的家长里短。

"因此我们想到了一个更好的主意：如果有令人感兴趣的名人愿意直播自己的生活，示范效应是显著的，会带动大批粉丝和其他民众接受脑桥芯片，整个产业就激活了。

"我们很快和一些电影明星、运动巨星和知名作家接洽过，但是很可惜，没人乐意。这也不奇怪，如果你已经功成名就，生活安逸，干吗要冒险把自己头颅打开，装上那么一个古怪玩意，让所有人都看着你的一举一动？因此，我们需要物色一个合适的人选成为这场新技术革命的突破口。上头决定，找到一个有潜质的草根少年，包装他，宣传他，让他成为感官直播的代言人。"

10

"所以你们就找到了我。"

"是的，"丽莎直言不讳，"你当时已经小有名气，却陷入事业的瓶颈，你需要钱，因此会接受手术，你从心底渴望那种被万众仰望的感觉，因此对直播不会有很大抵触。你相貌英俊，性格风流，对我们更有利。只要你的事业能够成功，就能吸引越来越多的人收看你的直播。让自己转眼间和世界上最酷最有型的风云人物合为一体，这个诱惑没有几个人能经得起。"

"原来如此，可是为什么偏偏是我？你们怎么知道我将来能够获得巨大的成功？"

"呵呵，"丽莎笑着摇头，"查尔斯，亲爱的，你果然还是那么自恋。你还不明白吗？"

查尔斯内心已经隐隐明白，浑身一阵冰冷，但丽莎毫不留情地揭穿了这个秘密："当然并非'偏偏'是你，你只是我们留意的诸多对象之一，选你只不过是偶然。如果我们选中了其他人，一样能把他推向成功的顶峰。查尔斯，你从来不是靠自己，没有我们就没有你。"

"这么说不公平，我的成功的确有感官直播的帮助，但也是靠我自己的努力！"查尔斯挣扎着抗辩说。

"你的努力？"丽莎冷笑，"查尔斯，你做了十年的美梦，该醒醒了！你真以为自己是不世出的飞行天才？这些年你之所以赢得那些比赛，那些驾驶经验和技巧只是次要因素，根本原因是你拥有比其他人更好、价格更昂贵的飞船，你可以找到最专业的设计师和各方面技术专家，这些都是用钱买的。你的飞船就算自动驾驶，说不定也可以飞第一。"

查尔斯涨红了脸，却无从反驳："这……就算是用钱买的，也是我自己的钱！我为许多飞行器厂商做广告，还有厂商赞助，这是我的正当收入。"

"无非是鸡生蛋蛋生鸡的老问题，那些赞助是谁为你安排的？那些广告业务是谁为你打理的？那些最新款的飞船，刚从风洞里出来就成为你的座驾，那些最先进的引擎和最高级的主控电脑，最舒适的船舱和空气调节系统，被最专业的技师以最合理的布局组装在你的飞船上，你觉得这一切都是理所当然的？难道他们就必须为你服务？查尔斯，你不是笨蛋，但是这些年你被鲜花和掌声包围，让你看不到许多事情。"

"这么说，这一切背后都是你，还有贝尔实验室在搞鬼？"查尔斯恍然大悟，"怪不得，我一直觉得你有点古怪，一开始你代表实验室，后来又在芯片公司，然后当我的专业经纪人……你背后的老板究竟是谁？"

"你不用问，问了也没有意义。贝尔实验室、卡特尔纳米技术、高纳利文化娱乐、狮鹫之星传媒、代卡洛斯飞船集团、斯普林格出版社、时代传媒、太平洋电视台、美利坚民主基金会……和你打交道的这些公司和机构，是一个庞大的利益共同体，没有谁说了算。如果说有一个幕后大老板，那既不是美国政府也不是罗斯柴尔德家族，而是资本本身。你是整个体系中最重要的环节之一，但绝不是独立的。可如今，你的自作主张危及了整体的利益。"

"就因为我减少了感官直播？"查尔斯不禁苦笑，"可现在你们已经形成了产业链，有十万人在进行直播！为什么还不肯放过我？"

"但是没有人比得上你，查尔斯。虽然今天许多人开通了直播，但是肯终日直播自己的人还不多，你是其中最重要的一个，是我们打造出来的直播时代第一位偶像，人们去收看小金凤那些三流货色只不过是猎奇罢了。但你以自己的生活方式，实现了上亿人的梦想。你对整个事业的重要性无可取代。你那本《我的直播生活》在全球卖了超过三亿册！你象征着一种全新的生活方式，如果你要退回到偶尔直播的状态，直播就只变成了一种娱乐和调剂，不会再有那么多人痴迷，直播热潮也许要花十年二十年才能恢复。"

查尔斯冷哼了一声："嗯，你们不是很能打造偶像吗？再打造一个好了。"

"为什么要重复已经做过的工作？这些年你的名字已经成了世界上最响亮的品牌，就拿你的小说来说，全球销量随便可以卖到几千万册。但是如果以杰克逊·史密斯的名义出版，可能几千册都卖不动。"

"等一下，"查尔斯隐隐觉得不妙，狐疑地盯着丽莎，"杰克逊·史密斯是谁？"

"当然了，你从不知道他。"丽莎用一种古怪的腔调说，"杰克逊·丹尼尔·史密斯，德克萨斯州立大学毕业，一个不得志的小说家，好莱坞前编剧，出过三两本总共卖了不到一万册的小说，编过一些没人知道的B级电影，离过两次婚，四十岁不到就秃顶了……顺便说说，他还是你大部分小说的作者。"

"你疯了！"查尔斯再也忍无可忍，"你到底在胡扯什么？"

"你不必那么激动，"丽莎淡淡地说，"回想一下，在你移植芯片之前，虽然你是一个三流文学爱好者，也写过一些散文和小故事，但从未写过长篇小说，为什么在第二年，你的成名作《雅典神殿》就横空出世？"

"我什么时候开始写作和你有什么关系？再说这能说明什么？"

"想想吧，你这些大获成功的小说，每部中关键的绝妙情节不都是忽然蹦入你脑海的吗？你认为那是缪斯给你的灵感？事实上，灵感也是一种感知，你大脑中有一小块区域——大约在额叶位置——决定了你的综合思维和自我意识，不可侵入——不是完全无法进入，只是一旦进入后，你会变成思维紊乱的精神病人。其他的部位，无论是感觉和动动皮层，还是语言中枢，都可以转译他人的脑波。我们只是根据史密斯的构思，让你的语言中枢产生出相应的概念，当神经冲动被额叶综合时，你的自我意识就会认为是自己的灵感了。"

"这不可能，"查尔斯大吼着，"那些灵感，明明是我自己苦思冥想出来的……那种创作的感觉……怎么……怎么会是什么史密斯的？"

"在未来，很快就会不再有'自己'了。所谓自我只是额叶前端一小片决策神经区域制造出来的幻象，但我们天真地以为它包含了从感觉到情绪和思维的一切。但感官直播时代撕裂了这些关系。查尔斯，你站在了新时代的开端，你是新时代的使徒。"

查尔斯委顿在墙角，忽又爆发出一阵神经质的笑声："哈哈哈，真有意思，你花了这么长时间告诉我，我是一个一无是处的废人，我所自以为傲的成就，都不过是幻觉，现在你又对我说，我是什么使徒？"

"真相往往是令人刺痛的，"丽莎说，"但是沿着这个方向走下去吧。很快你就会知道，你是废人还是天才并不重要，重要的是你感到你是什么。纵然那些灵感是来自杰克逊·史密斯的，但你千真万确感到是你自己在创作，就足够让你自己获得写作的满足了。

"在外面的世界，有千万人每天都感到，他们就是你，是查尔斯·

曼，是大写的人（Man），他们不在乎自己实际上是什么玩意儿。至少有上百万人完全被你同化了。你给了他们本来惨淡的人生以希望。这个数字还将不断增长，没有人能抵抗这至高无上的诱惑。随着脑波传递技术的完善，将来还会有更多的人，几亿，几十亿加入这个行列。一旦开始收看直播，就会欲罢不能。而不久的将来，有很多更深的感觉和情绪能够传递，甚至是思维，最终会变成什么样没有人知道，但是这是一个真正技术奇点的开端。传统的个人生活将一去不复返，世界会变得越来越匪夷所思。"

"可这不是我的理想，我的理念一直是让每一个人成为他自己，追求自己的价值！"

"不，"丽莎摇头，"事实是，即使是你的崇拜者，也都愿意成为你，却没多少人愿意成为自己，这就是人性。"

"好，"查尔斯咬牙切齿地说，"纵然我的一切都是假的，至少我的理念是真的，我不会放弃这个理念。告诉你，我会揭露今天你跟我说的一切。"他试图打开直播，但是不知为何没有反应。

"查尔斯，相信我，你最好不要尝试。"丽莎讥诮着，"在我们背后，有超过一打人现在正在监视你的一举一动，无论任何时间场合，只要你说的话超过三个字，就可能被别人听到，他们就可以开始远程控制，让你立刻胡言乱语，变成不折不扣的疯子，你忘了自己是怎么赶走你的女朋友的了吗？"

查尔斯颓然捂住了脸，绝望地瘫倒在地，"既然你们这么强大，为什么不直接控制我的身体，让我说你们想让我说的，做你们想让我做的，让我变成一具行尸走肉？"

"我们还没有这样的技术能力，感觉和运动涉及的大脑皮层不同，特别是你的肢体运动部分，需要的参量太多，计算量很大，控制起来也很费劲，刚才让你说出那些话已经很困难了，而且相当不自然。"

"可惜穗美她没有察觉这些微妙的差异，否则你们做的一切就会穿帮了。"

"不，已经穿帮了。"

一个清脆的女声高声说，查尔斯转过头，就看到穗美明艳的身影又出现在房门口。

11

"穗……穗美？！"

"我回来了，"穗美对惊讶的查尔斯点点头，"刚才我确实想一走了之，但作为职业警察，我对一个人说话语气的自然与否总算有些经验，很快就想到了蹊跷之处，于是到了门外又重新折返，结果发现还有一个人在这里。我在门口已经听到了你们说的一切，你放心，我没有装什么脑桥芯片，他们对付不了我。"

"查尔斯，你必须让她闭嘴！"丽莎看了一眼穗美，扭头对查尔斯说，语气变得惶急起来，"如果你不想身败名裂的话。听我的，继续跟我们合作，你还可以享有一切名利和地位。至于保留个别隐私时间也不是不可以商量……"

"和你们合作？"查尔斯牙齿咬得咯咯作响，"丽莎，你刚才还威胁要让我变成白痴！"

"查尔斯，你冷静点。那是不得已的选项，你是我们千辛万苦塑造出来的，只要有可能，我们不会碰你，今天我也只是想劝告你。"

"你们必须给查尔斯自由，把那见鬼的芯片给拆下来，"穗美面对着丽莎，"刚才那些话我已经录下来了，如果查尔斯有什么闪失，我会立刻向媒体曝光整件事。虽然你们财雄势大，但想必还无法控制全世界。舆论不会站在你们这边，如果人们知道脑桥芯片可以侵入他们的大脑，控制他们的行为，你们的事业会立刻崩溃。丽莎，你们再也挟制不了查尔斯了。"

丽莎看了看穗美，又看了看查尔斯，无奈地苦笑："看来我们是陷入僵局了。取下芯片，牌就全攥在你们手上，没有人会蠢到答应这种自杀式的条件。但如果你们要泄露真相的话，查尔斯也随时会变成一个白痴，穗美小姐，你忍心这么做吗？"

一时间，室内三个人都沉默下来，但空气中的紧张气氛丝毫没有缓和。

"好吧，无论如何，你们不能再摆布查尔斯了。"过了一会儿，穗美带着让步的语气说。

"对，"查尔斯的声音中充满痛苦，"我希望你和你代表的势力离开我的生活，滚得越远越好！我和你们以后再无瓜葛。"

丽莎的脸色阴晴不定，良久说："你的意思是，我们不再干涉你们，而你们也会将一切封在肚子里，绝不外泄？"

查尔斯点了点头，现在他唯一想做的只是摆脱这个噩梦，"如果你们能放过我们。"

"但你将会从成功的巅峰跌落，从此失去一切。"

查尔斯面色惨白，摇了摇头，"我从来没有什么成功，一直在做一个可笑的美梦，只是今天才终于明白，我只想快点结束这个错误。"

丽莎看向穗美，穗美不语，似乎也默认了查尔斯的决定。丽莎终于下定决心，点了点头："好吧，如你所愿。但你记住，不论你是否打开脑际连接，你的一举一动我们都能看到，不要想在我们眼皮底下玩什么花样。查尔斯，你是聪明人，不会给我们添乱的，是不是？"

查尔斯缓缓点了点头。

"同样，你们也别想玩花样，"穗美提醒她说，"有关资料，我会善为存储。如果我和查尔斯有什么问题，网络上很快会铺天盖地都是你们最不想看到的东西。"

一丝冷笑划过丽莎的嘴边："那就再见了，查尔斯，我的老朋友，希望你不会后悔。"她转过身，大步从穗美身边走过，离开了客厅，不久，外面传来了小型飞车发动的声音。

查尔斯委顿在地，一句话也说不出来。穗美走到他身边，跪坐下来，无言地将手放在他脸颊上。查尔斯望着穗美，她的眼神充满关切，她的手触感温暖而绵软，身上的气息芬芳淡雅。

他知道自己失去了一切，但拥有了这个女人。从今以后，也许他们将像普通的男女一样，过完平凡的一生。

查尔斯抱住穗美，放肆地号啕大哭起来。穗美像母亲安慰孩子一样，轻轻抚摸着他的头发。而查尔斯却抽泣着，抱得她越来越紧，让她喘不过气来，但那是一种悲恸中闪现的幸福。

等到穗美发现查尔斯实在抱得太紧的时候，已经太晚了。

不知什么时候，查尔斯已经压在她身上，双手紧紧地卡在了她的脖颈上，两只大手拼命压向她白皙脖颈的深处，力气异乎寻常地大。双目奇异地外凸着，喉头发出咯咯的声音，仿佛被掐住脖子的是他自己一样。

"查尔斯……放……放开……"穗美无力地叫着，但几乎吐不出一个字。她的身体被紧紧压住了，双手拼命在查尔斯的胳膊上抓挠着，但查尔斯好像全无痛觉，目光呆滞。

穗美明白了，是丽莎·古德斯坦，如今事情已经激化，她绝不会放过他们。眼前一阵阵发黑，意识渐渐模糊，生命即将离她而去，穗美只是本能地蹬踢着双腿，做最后的垂死挣扎——

但猛然间，查尔斯的头俯下来，一口咬在了自己手腕上，鲜血直流，虎口不由稍微松了一下。穗美什么都来不及想，趁机掰开查尔斯的手，将他推开，连滚带爬向房间另一边跑去。查尔斯摇摇晃晃地想站起来，又站立不稳摔倒在地，手脚剧烈地抽搐着。

"穗美……快走……"查尔斯扭曲的声音从沾满血的嘴里传出来，显然正在和夺取自己身体的入侵力量搏斗。

穗美不知如何是好，她不敢逗留，但也不能就这么离去，忽然用眼角的余光瞥见墙角一个六角形的黑色机箱，闪念之下，一个箭步冲过去，将那东西举起来，狠狠砸在地上。一声闷响，箱子在地上翻滚了几下，裂开一条大缝，穗美还不放心，又狠狠踩了几脚上去，机箱发出一系列生脆的断裂声，冒出了几缕淡淡的青烟。

查尔斯忽然不动了，像瘪了的皮球一样瘫在地上，只有张着嘴喘着气。穗美冷静下来后，过去扶起他，"没事了，我已经毁了中微子波转换器，现在他们没法再控制你了。"

"但我们现在不能离开这间屋子，"查尔斯的声音虚弱无力，"外面到处都是中微子信号站。"

穗美知道，整栋别墅因为她的坚持，除了只设了一个中微子波转换器外，还对外面的信号进行了屏蔽。但只要离开这栋房子，查尔斯随时会再度被丽莎那些人控制。

"那……怎么办？"

"只有打电话，叫记者来，"查尔斯闭上眼睛，"我们要立刻召开新闻发布会。"

一个半小时后，客厅里满满的都是记者，包括二十多家日本媒体和十七八家外国驻日媒体，人们好奇地盯着凌乱的房间和身上带伤、狼狈不堪的查尔斯和穗美。众人都想知道究竟发生了什么，交头接耳，大部分人的目光中都有"多半是有什么桃色纠纷吧"的猜测。

"晚上好，"查尔斯没有多说废话，从沙发上站起身说，"今晚叫大家来是因为——"

人们全神贯注地留意下面的内容，但查尔斯卡住了，目光透过众人望向后面的什么地方，仿佛看到了某些东西，嘴唇微微翕动，仿佛在和看不见的东西说话。

"查尔斯！"穗美觉得不对劲，抢过话头说，"诸位，今晚我们要告诉大家一件——"

"——一件重要的事，"查尔斯仿佛回过神来，又接了下去，神态一下子变得疲惫，"我决定参加下个月的冥王星超远程飞行大赛。"

"什么？"穗美惊诧不已。冥王星超远程飞行大赛只是一个名大于实的噱头，查尔斯这样功成名就的飞行家根本没有必要参加。前几天被询问的时候，查尔斯还明确表示不会参加。

"大家知道，"查尔斯说下去，"这是人类有史以来最长距离的飞行比赛，远超过之前的地球轨道环日拉力赛。虽然现在只是刚刚开始举办，但将来会成为人类的标志性成就之一。我听说现在报名参赛的人很少，我想要拿第一个冠军应该问题不大，等以后可就难说了。"

人群中发出轻轻的笑声。穗美看到查尔斯说话的神态相当自然，不像是被人控制的样子，几次想打断他，却终究忍了下来。

查尔斯话锋一转："不过因为冥王星距离地球三十多个天文单位，整场比赛将持续两年。因为光速的限制和信号衰减，在这期间恐怕无法再进行感官直播了，非常抱歉。"

人群中发出一系列不满的抗议声，显然其中不乏查尔斯的粉丝。

"那细川小姐呢？你们不是要分开两年吗？"有人问。

查尔斯拉住了穗美的手，在她手心饶有深意地捏了一下："两年的时光不算久，我相信对我们不是阻碍，我会在冥王星的亿万年冰层上，刻下穗美的名字。"

……

"查尔斯，这是怎么回事？"当记者散去后，穗美不解地问。

查尔斯疲惫地揉着太阳穴，"不知哪个记者带来了便携式中微子转换器，让他们能够重新打开我脑中的视觉对话界面，给我传达了一个信息。"

"难道他们又威胁了你？"

查尔斯摇了摇头，"不是我，是全人类，他们手上有人类的命运……"

"至少一亿人，你记住。"他回想起对方在他视野中闪现的信息，"一亿人的生命安全直接掌握在你的手里，如果事情泄露，我们或许没有能力控制所有的人，但是至少可以在几分钟内传播各种紊乱的脑波。大部分人会暂时精神错乱，还有些人会永久精神失常，不知道会发生多少起车祸和各种事故，也许还有几个人会按下核导弹的发射键……世界将会因此天翻地覆。比起这场浩劫来，世界大战都算不了什么。或许地球会在几天内返回石器时代。"

"所以我只能住口，让你们一步步推广那些可怕的芯片，让所有人变成迷失自我的奴隶，直到你们控制了世界，再也不怕外在的威胁。"

"这是历史前进的方向，或者我们将一直走下去，走向一个崭新的未来，或者将爆发激烈的冲突，将会有上亿人死亡，世界重返远古蛮荒。最终的选择在你手里，查尔斯。"

"你们手上有一亿个人质，我还有选择的余地吗？"

"这说明你做出了正确的选择，所以能及时改口，避免了一场大麻烦。不管怎么说，去冥王星的主意不错。我们双方可以不必直接冲突，你也不必担心再被我们暗算。两年后等你回来，不再是世界的焦点，就可以过自己想过的生活了。"

"而我也可以做出真正属于自己的成就。我要证明自己不是一个傀儡，而是不可战胜的查尔斯……"

"查尔斯？你怎么了？"穗美把他从沉思中唤醒。

"没什么，"查尔斯揽住穗美的腰，抚摸着她长长的头发，怜惜地说，"一切都会好起来的，我保证。"

12

查尔斯的最后一次感官直播，收看者达到了三千万人。三千万双的眼睛，随着查尔斯的步伐，一步步走进发射场，面对周围沸腾的人群和头顶蔚蓝色的天空。

发射场在传统的日本宇航中心鹿儿岛县种子岛，二十四艘形态各异的飞船停在巨大的发射场中央。但和旧时代不同，如今飞船发射不再需要庞大笨拙的发射架，随着宇航科技的进步，可以在地球上任何地方起飞，直冲长空，在这里出发只是一个仪式而已。

这是一个不小的进步，但人类的太空探索仍然在初级阶段。今天的这次宇航大赛，并非只是到月球或火星，而是几十亿公里外，除了几个探测器、尚无人类踏上过的冥王星，往返需要两年以上的时间。

比赛中，所有的飞船在离开地球后，将利用太阳光帆和各大行星引力场加速，飞向太阳系尽头的冥王星。再合拢光帆，用剩余的燃料返回。虽然原理并不复杂，但横贯整个太阳系的近百亿公里来回，仍然是一场惊心动魄的无涯之旅。

成为第一个踏足冥王星的人类，将是太阳系探索史上里程碑的事件。因为冥王星并没有多少科研价值，也被开除出了大行星之列，所以各国政府在发射无人探测器后，并没有进一步载人登陆的计划。但毕竟名声响亮，致使民间宇航爱好者前仆后继。几十年中，有过七八次载人飞船飞向冥王星的尝试，但大部分中途因困难折返。有的在小行星带被微流星撞毁，有的无声无息地消失在太空深处，冥王星是死亡之星的说法流传开来。近十多年没有人敢于再尝试登冥之举，直到这次大赛，才重新唤起了飞行家们征服宇宙的热情。

由于人气偶像查尔斯·曼的参赛，使得这场比赛变得举世皆知。虽然许多人抱怨以后无法再收看查尔斯的直播，但他的勇气和坚韧仍然打动了亿万民众。本来寥寥无几的参赛者，也迅速增加了两倍之多，虽然只有二十多人，但都是飞行精英，让这次比赛变成了一场真正的大赛。

"查尔斯！"在沸腾的人声中查尔斯听到一个熟悉的声音，转身看去，是他的老对手乔治·斯蒂尔正向他走来。

“乔治，感谢你每次都来当我的陪衬。”查尔斯微笑着说。

“查尔斯，你这个花花公子，”斯蒂尔咧开嘴，轻轻给了他一拳，“告诉你吧，这次你一定会输给我。”

“哦，为什么？”他们一起肩并肩向发射场中央走去。

“听说你拒绝了卡特尔公司和代卡洛斯集团赞助的高级设备，只是从几个小制造厂那里订购了一些普通装备，甚至飞船的基本布局都是自己设计和组装的？你太自大了，卡特尔纳米的光帆制造技术无与伦比，在同样重量的情况下面积可以比其他公司的产品大三分之一，你应该知道这意味着什么。”

“我知道，不过斯蒂尔，我以往太依赖技术优势了，这回我想靠自己的实力赢。”查尔斯诚恳地说。

“这么说，你只能靠不断压缩生活空间来减负，达到一定的速度？”斯蒂尔惊诧的眼神中带上了几分敬意，“虽然是保密的，不过我设法研究过你的飞船构造，结论是如果要有获胜的可能，你的生活舱必定小得可怜，几乎得和一个棺材差不多，许多娱乐休闲设备都得丢掉，甚至转身都困难，你愿意像苦行僧一样过上两年？这可不像你的风格。”

“为了飞向星辰的尽头，这是我们的宿命，”查尔斯说，“斯蒂尔，如果有必要，我相信你也会做同样的事。”

斯蒂尔不由点了点头，又一笑，说：“无论怎么做，这回你都够呛了。不过查尔斯，你的确是一个了不起的人物，好了，将来两年里，我们可以通过无线电慢慢聊天，也许我们会变成朋友的。”

他们像两个亲密的朋友一样，说笑中走到了各自的飞船前，做最后的检查和准备活动。许多飞行家在和家人和朋友话别，亲吻。查尔斯检查引擎的时候，一个身影向他走来，查尔斯抬头望去，是一位纤细柔美的女郎。

"小雅？"他站起身。

"查尔斯，"仓井雅姿态娴雅地走向他，"我是来送你的。"

"谢谢你。"

"不，我该谢谢你，查尔斯。其实……我也是来向你道歉的。"

"道歉？"

"查尔斯，"仓井雅楚楚地说，"你知道，两年前我只是一个名气不大的演员，上不了台面，而且年纪也渐渐大了。所以两年前，我精心安排了和你在马尔代夫的那次所谓'偶遇'，然后我……勾引了你，和你有了一夕之缘。全世界都看到了那次直播，我成了整个世界的女神，之后我青云直上，进军了主流影视界，还接了一部好莱坞电影。这都是你带来的，没有你，我不会有今天。"

"别这么说，这也是你自己努力的结果。"

"但以前那些甜言蜜语……都不是真的。"仓井雅凄然，"只是我为了往上爬而施的手腕，我利用了你，我欠你一个道歉。"

"别这么说，仓井小姐，"查尔斯也改了称呼，叹息说，"生活就是这样，我们往往是在逢场作戏，只是有时候自己入戏太深，真把自己当成了扮演的角色，这不是谁的错，你也无须道歉。"

"无论如何，"仓井雅掏出一个精致的布包，"查尔斯，你是一位很好的朋友，和你在一起我很开心，也学到了很多东西。衷心祝福你能获得胜利，这是我从明治神宫求来的平安符，你带在身上，神明会保佑你的。"

查尔斯深深地看了一眼仓井雅，接过了布包，"谢谢，我会带在身上的。"

"那……我先走了。"仓井雅轻轻拥抱了查尔斯，转身离去。

望着仓井雅的身影，查尔斯的嘴角泛起了一丝复杂的苦笑。他清楚，仓井雅对他说的那些话，仍然是在利用自己最后的剩余价值。他和仓井雅之间的男欢女爱一向不过是各取所需，不仅他们自己，就是每一个直播的观众都心知肚明。但最后仓井的表白，无疑大大提升了自己的形象，让人觉得她是一个重情义的好女人。

但这并不是说仓井雅全然虚伪，这些话虽然肯定经过精明的考量，但可能同样是真诚的。我们每个人都在表演，从前是这样，在直播时代更是这样。或许我们的真诚，只是一种真诚的自我表演……

"对了，"仓井雅忽然又转过身来，好奇地问，"查尔斯，细川小姐呢？怎么没有见到她？"

"这个……她有点不舒服，"查尔斯说，"不能来了。"

"哦，是这样。"仓井有些奇怪地看了他一眼，眼神中带着胜利的笑意，没多说什么。但查尔斯知道，仓井对穗美"抢走"自己一向是很不忿的，如今她认为自己和穗美之间一定出了什么问题，所以穗美才没有来。

但穗美不需要来送他，也不应该来，如今，她藏身在一个绝对安全的地方，掌握着至关重要的证据，以防丽莎和她背后的那些人再趁乱对他们不利，将他们同时杀害。当他离开地球后，对方就再也无法通过脑桥芯片控制自己，穗美会和他每天保持联系。如果对方对穗美下手，自己就可以通过无线电通信公布一切。目前来看，这是最好的办法了。

查尔斯望向远处欢呼的人群，他想这或许是我最后一次站在舞台的中央了，最后一次成为人们瞩目的焦点。斯蒂尔很可能是对的，这次我的飞船毫无优势，没有获胜的希望，我终将失败，然后被世界遗忘。

但那又如何？飞向太空，飞到那最远最远的星球上去，是我一生的梦想。并非只有冠军才有意义，相反，只有当宁愿割舍其他许多东西，你仍然要实现它的时候，才是真正的梦想。

查尔斯，这是最后的机会，做你自己。在这个星球的喧嚣浮华中失去的，你会在广袤无垠的太空中找回来的，那里有真正的宁静和救赎……

最后时刻，几十名经过遴选的幸运观众进入发射场，和各位参赛者合影。大部分人都首选和查尔斯合影，查尔斯微笑着一个个接受了，还一一给他们的书或衬衫签了名。最后站在他面前的，是一个身材平平、衣着朴素的少女，举止中还带着几分羞涩。

"您好，查尔斯先生。"少女局促地说。

"你好，你是……"

"我叫朝仓南。"少女说。

查尔斯点点头，并没有什么反应。但在他思维的背后，另一个意识却忽然在震惊中醒来：怎么是她？她在这里干什么呢？她……什么时候变成查尔斯的粉丝的？

"朝仓小姐，很高兴见到你，您要和我合影吗？"

"是……是的……"

"嗯，好的。"朝仓站在他身边照了张相，但照完相后，迟迟不肯离去。工作人员上来要拉她离开，被查尔斯用手势阻止了。

"朝仓小姐，我还能帮你做什么？"查尔斯问。

"对不起，查尔斯先生……"朝仓深深地向他鞠了一躬，红着脸说，"我想做一件事，请你帮个忙，可以吗？"

"只要不违法，乐意从命。"

朝仓又手足无措了好一会儿，才抬起头，勇敢地直视着查尔斯的眼睛，张口说："私……私は直人君のことを大好きよ！"

查尔斯不明白她在说什么，但另一个意识忽然明白了，他知道了为什么朝仓会千辛万苦出现在这里，并非为了查尔斯，而只是为了对他说一句话……

"我……我非常喜欢宅见君呢。"

但查尔斯还没有反应过来，朝仓已经迈上前两步，勾住了查尔斯的脖颈，踮起脚尖，吻了他的嘴唇。直人感到，她的嘴唇轻薄，绵软而湿润，带着夏日的芬芳和少女的气息。

"直人，"朝仓哀婉地在查尔斯耳边说，"我就在你身边，可你非要通过千里之外的查尔斯，才能感到我的存在吗？"

保安随即冲上来要把朝仓拉开，但查尔斯大概明白发生了什么，让他们不要动手，对朝仓说："小姐，相信你心爱的人会明白你的心意的。"

然后，他轻轻地对他根本不认识的直人说："幸运的家伙，不要错过身边的幸福哦。"

……

不知什么时候，直人退出了脑际连接，望着房间的天花板，觉得泪水充满了眼眶，又从眼角流下。

收看查尔斯的直播许多年，他和无数美丽的女性有过浪漫和风流，但他在心底知道，那些和他无关。但他宁愿让自己忘记这一点，让自己沉浸在查尔斯的幸福生活里。

但今天，在最后的这场直播中，在他融入查尔斯的三年中第一次也是最后一次，一切颠倒过来了：那句话，那个吻，是为了他，宅见直人，而不是查尔斯。

他不是查尔斯，也永远不会是查尔斯。但他仍然可以做他自己，拥有自己渺小却并非卑微的幸福。有些甚至是查尔斯也无法企及的。

直人坐起身，还觉得头脑昏沉沉的，又是自我麻醉的一天。但以后不会了，查尔斯的直播如今已经结束，即使他从冥王星回来，可能也不会再开启直播。而直人会去寻找新的生活，寻找属于自己的幸福。

直人下定决心，拨打了一个电话，在响了好几声后，终于被那边接起："莫西莫西，我是朝仓。"声音中带着几分紧张和期待。

直人还没有说话，蓦然间耳边响起了引擎声和欢呼声，直人望向打开的电脑荧屏，看到发射场上，几十艘飞船拔地而起，射向天外，在空中留下一条条长长的尾迹，如同远去的雁群。查尔斯已经毅然踏上了苍茫太空的漫漫征途，而这一次，直人无法也不想再依附在查尔斯的灵魂上，他有更重要的事要做。

直人深深地吸了一口气，听到自己颤抖的声音说："小南，我喜欢你，请与我交往吧。"

再见了，查尔斯。

尾声之后

一年后。

一艘天蓝色的飞船收拢光帆，打开登陆引擎，缓缓落向一颗黑沉沉的，几乎完全浸入黑暗的星球。飞行平稳，层层下降，看上去一切正常——这也意味着第一个人类即将踏上冥王星的表面。

但当飞船距离星球表面还有大约两公里时，不仅没有降低速度，却忽然怪异地猛然加速，旋转着向冥王星表面的厚厚冰层撞去，十几秒钟后，一朵微弱的火花绽放在冥王星表面，如同黑夜中一闪即逝的火柴，然后就是长久的沉寂。

这是中国的冥王星探测器"马面"拍摄到的图像。大约五个小时后，图像被传送到地球，也传来了太阳系尽头的噩耗。此后四十个小时内，任何联络的尝试都归于失败。两天后，另一名比赛选手乔治·斯蒂尔在冥王星成功着陆，发现了面目全非的飞船和被烧成焦炭的查尔斯·曼的尸体。

消息传回地球，唏嘘一片。查尔斯的死因众说纷纭，主流的观点认为是技术故障。查尔斯的飞船是自己改装的，各方面都存在缺陷，出问题并不奇怪，但是问题在哪里专家们又各执一词：有人说是电脑程序的错误，有人说是引擎本身的故障，还有人说是飞船控制面板的按钮分布过于密集，让查尔斯忙中出错。

也有人认为，查尔斯是自杀的。他们从查尔斯在地球上最后一段时间的若干古怪言行中找出证据，试图证明他已经厌倦了生活，想要离开这个世界。而撞击冥王星而死就是这位天才精心安排的行为艺术。

另外还有一些人认为，查尔斯是被害死的，这个说法最骇人听闻，也最千奇百怪。害死他的主谋从竞争者斯蒂尔、前情人仓井雅到代卡洛斯飞船集团以及贝尔实验室等可以列一个长长的名单。一个有利的佐证是，查尔斯的女友细川穗美在查尔斯死后第三天，就因为所驾驶的飞车和另一辆飞车对撞而在东京上空爆炸。这个过分的巧合似乎可以被视为阴谋，不过更合理的解释显然是细川伤心过度，神志恍惚所致。

网上也出现了各种各样的流言和稀奇古怪的所谓"证据"，大部分经不起推敲，但也有一些看上去有点分量的。有一段录音似乎是查尔斯和古德斯坦的吵架，另一段视频似乎是查尔斯和某个名人老婆的偷情，还有他的父亲说他挥霍无度导致没有钱的电话……但这些伪造起来并不难，而且也无法证明和查尔斯的死有任何关系。至于有人说查尔斯是因为发现了脑桥芯片公司控制人类的阴谋而被灭口，就更是笑话奇谈了，没人会认真相信。

但无论如何，查尔斯死了。死了，再也不能复活。一个死人，无论是多么名声显赫的死人，被遗忘的速度总是很快的。查尔斯的事被热炒了一两个月，人们为他举办了各种缅怀和纪念仪式。不过很快出现了几名炙手可热的新星，有天才神童、国民美少女也有草根人士，也都开通了感官直播。人们很快又被吸引到新的、更丰富的娱乐生活中去。

但有许多人仍然无所适从，他们难以理解查尔斯的死去。

"我……我就是想不通，"宅见直人喃喃说，给自己斟了一杯啤酒，"查尔斯怎么会死呢？三年来，我熟悉他的一举一动，我有他的几乎每一个记忆，既然我活着，他怎么会死？"

"你是你，查尔斯是查尔斯。"朝仓南冷冷地说，对直人她已经越来越没有耐心了。

直人摇头："你不明白，你根本不明白。那种感觉……我还可以清楚地记着查尔斯的一切，他在天上如何风驰电掣，如何在海底的珊瑚丛中潜水，在读者见面会如何发言，在酒会上如何觥筹交错，在非洲如何赈济灾民……对我来说，就好像是昨天的事一样。我看到地球在我脚下，我听到奥地利金色大厅的音乐，我闻到富士山下樱花的香味，我还……"不知不觉中，他已经从第三人称换成了第一人称。

"你还记得和仓井雅如何浪漫缠绵吧？"朝仓冷冷地接口。

"当然，"直人憧憬地说，没有注意到女友表情的变化，"那些经历真是永世难忘啊，可惜没有和细川穗美在一起的记忆——"

"宅见直人，你这个混球！"朝仓终于忍不住痛骂了出来，"你这辈子除了幻想自己是查尔斯之外，还会干什么？"

"小南，你又怎么了？"直人有点摸不着头脑。

"查尔斯死了都快半年了吧？你几乎每天都在絮絮叨叨那些和你没有任何关系的往事，怀念那些根本不知道你是谁的女人，跟你说你也不听，我简直要疯了！这日子没法过了！"

"你不懂，我参与了这一切，这些和发生在我身上没有任何区别，我知道自己不是查尔斯，但是它们也是我经历的一部分！"

"哼，"朝仓讥讽地笑了，"你的经历就是日复一日地躺在房间里收看直播，本质上，你和那些看了电视然后想象自己是男主角的白痴没什么两样。"

"住口！"直人不由怒火中烧，"每次你都这么说，可是你从来没有过感官直播的经历，有什么资格下判断？再说你是我的什么人，有什么权利告诉我我该干什么不该干什么？"

"我是你的什么人？"朝仓的眼睛也在愤怒中闪闪发亮，"你说对了，我不是你的什么人。既然你这么说了，我们还是分手吧。"

"分手就分手，当初我就不该接受你！"直人恶狠狠地说。

朝仓南没有再和他争吵，沉默地收拾起了自己的衣服和物品。直人在一旁看着，开始有些悔意，却又不好开口。直到朝仓背着提着几个大包站在了玄关口，他才着急起来："你这是干什么？大半夜的？有什么事明天——"

"直人，"朝仓的语气平静得令他害怕，"我曾经以为自己可以改变你，但是我错了。也许你是对的，你就是查尔斯，你会永远活在关于查尔斯的记忆里。但是对不起，这不是我想要过的生活。"

"我……我不是……"直人不知说什么好，眼睁睁地看着朝仓打开门，离去。脚步越来越远，终于消失。

直人犹豫了一会儿后，拨打了朝仓的耳机，但是朝仓已经关机了，只有长长的忙音。

"去他的。"直人喃喃地骂了几句，坐回到椅子上，继续自斟自饮起来。

为什么生活总是这样，他永远无法和人好好相处？不管他如何尝试，除了失败还是失败。在这个现实的世界里，连空气都令人窒息。如果，如果他还能回到查尔斯身上，再过一次那种意气风发的人生，那该多好啊……

直人一边想，一边在电脑上漫不经心地点击着，进了一个讨论感官直播的论坛，顶上的一行大字顿时吸引了他的注意：

复活的查尔斯·曼

什么意思？

直人点进去一看，发现是时代传媒公司的广告，网页上面用英文写道：

"……为缅怀已故的查尔斯·曼先生，本公司从他的继承人那里购买了以往全部直播内容的备份数据，以飨观众。直播内容的总长度达85439个小时，跨度为整整十年。您可以选择收看其中任何一个片段，也可以从头到尾浏览，以便深入了解查尔斯·曼先生的生平和事迹……"

直人的心狂跳起来，十年中所有的数据！也就是整整十年的直播人生！作为收看者，那些中微子波转换成的视觉和听觉会随即消失，也有技术手段会防止私下拷贝，但是显然在相关机构内部会有备份，进行"重播"是可能的。对直人来说，他只是最后三年才开始收看查尔斯的，之前的七年都付之阙如，但如今他可以从一开始就收看重播，这样的话，也就是说——

直人倒抽一口冷气：他将拥有整整十年查尔斯的人生，他将再一次和查尔斯融为一体，去面对未来（实际上是过去）的精彩人生，而这次，至少十年里不会再担心被单方面中断直播了。他可以放心地将自己融入查尔斯的意识深处。

直人兴奋地扫了一眼下面的条件，这回不再是免费的了，不过也不贵。每小时收费100日元，不过如果购买一天以上会降为50日元，如果全部购买每小时更是只有20日元，完全可以负担。

他迅速用网上银行付了账，全部购买要将近160万日元，他暂时没有那么多钱，只能先花了二十多万购买了头一年的数据，以后的再慢慢付吧。

直人躺回到榻榻米上，打开中微子波转换器，电脑语音告诉他正在进行连接，准备接收数据，大约一分钟后可以开始直播，不，重播。

正当直人焦急地等待时，耳机中响起了提示音乐，告诉他收到了朝仓的一条声音短信。这回直人直接关机，根本懒得看一眼。或许朝仓又回心转意了，但那又如何？只要能再次成为查尔斯，我不会再需要这个女人……

中微子波束源源不断地传来，转化为电磁波和脑波，重播开始了：

重力感同步：我平躺在什么地方；触觉同步：好像在一张床上，软软的很舒服；嗅觉同步：仿佛有药水的味道，但并不刺鼻；听觉同步：一个女人的声音在跟我说话，而且越来越清楚了；视觉同步：一个朦朦胧胧的人影出现在我面前……

他仰望着天花板，看到自己未来的经纪人丽莎·古德斯坦对他俯下头来，"你怎么样？"

"我没事……"他有些虚弱地说。

丽莎问："现在应该已经开始直播了，你还记得自己是谁吗？"

一丝自信的笑容出现在他苍白的脸上，"那还用说？我是查尔斯，独一无二的查尔斯。"

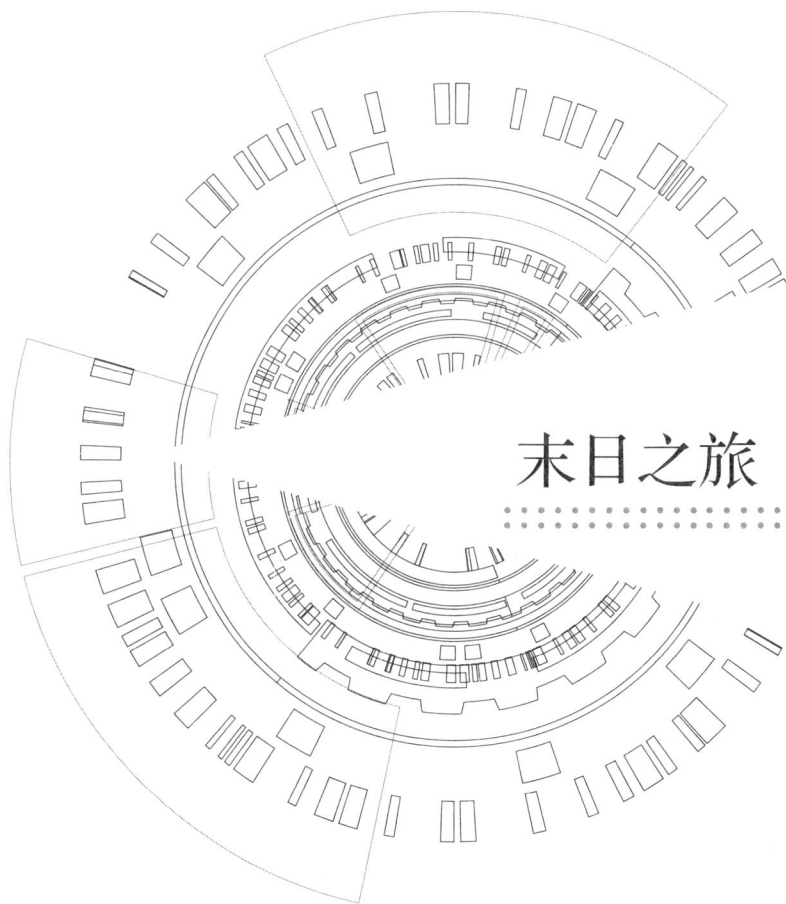

末日之旅

1

2012年12月21日。

晚上9点，上海已成了一片灯的海洋。黄浦江两岸的缤纷霓虹流到江心，变成了发光的鱼群，在潋滟江波里跳来跳去。浦西的连绵洋楼沉浸在柔曼轻靡的彩光中，仿佛在回忆往昔的沧桑历史。而在对面，新时代的东方明珠塔、金茂大厦和环球金融中心等摩天大楼带着炫目的奇光异彩直指夜空，气势磅礴，如同要点亮黑暗的宇宙。

今天是冬至，虽然天气寒冷，但外滩上的游人格外地多。江滨的步行道上大都是欢声笑语的青年情侣。当然，今天是周五，明天将迎来惬意的双休日，下周又是圣诞节。但是游人如织的主要原因并不在此。

林琳倚在江边的栏杆上，男友方岳从后面环抱着她，轻吻着她的脖颈。林琳咯咯娇笑着说："别闹！哎，你说，如果今天真的是传说中的世界末日，那会怎么样呢？"

"那我们更应该好好缠绵一下喽。"方岳在她耳边说。

"讨厌，人家问你正经的呢！"

方岳歪头认真想了想："是真的也不怕，古往今来那么多人，人人都会死，有几个见过世界末日的？我们能看到也不枉了。再说，咱俩到死还是在一起的，这就足够了。"

"哼，你什么时候学会这么甜言蜜语的？"林琳的心里一下子甜甜的。

"你们知道世界末日究竟是什么样的吗？"方岳还没有说话，一个稚气的声音在他们身边响起。

林琳诧异地转头看去，问话的是一个陌生的男孩，大概只有七八岁，穿着米老鼠图样的卡通童装，一只手正拽着林琳的裙角。和男友的情话被打断，林琳有些不悦，但看到男孩小天使般的面容，又不自禁地感到喜欢，"哎，方岳你看，这孩子真可爱！"

方岳却做了个鬼脸，吓唬男孩说："世界末日可吓人了，上海那么大，小行星撞到地球上，掀起几百米高的巨浪，'哗'一下子就把上海淹没了。"

"几百米高的巨浪啊，"男孩眼中放光，"那一定很壮观！可是天上没有小行星啊。"说着抬头张望了一下。

"小傻瓜，在外太空。远着呢，你看不到的。"方岳继续逗他。

"不对，"男孩认真地说，"如果它会在今天撞击地球的话，现在最多离地球几万公里，肯定是清晰可见的。即使是在地球的另一边，电视上也该有报道啊。"

"这……我哪知道。"方岳有些尴尬，对林琳说，"现在的孩子，真是越来越刁钻了。"

"你怎么了，被小孩绕进去了，"林琳嘲笑他，"还以为真有世界末日啊，别忘了，明天你还得上我们家见我爸妈呢。"

"完了，这才是世界末日啊……"方岳哀号一声。

男孩的眼珠转了几圈，盯着林琳问："你是说没有世界末日吗？可是他刚才不是说小行星会撞地球吗？"

"老天……"林琳扶额。

"乖，这种事问你们家大人去吧。"方岳拍了拍男孩的头，"叔叔和阿姨还有事呢。"

"可他们不在这里，"男孩还是不放过他们，"到底世界末日是什么样的呢？快说快说！"

"嘿，你这熊孩子真是不知——"

方岳刚要发飙，被林琳拉住了，"算了，你跟孩子嚷嚷什么，走吧，我们去那边买哈根达斯吃。小朋友，你去问别人吧！"

她把方岳拉开，两人穿过人群走了，他们的位置迅速被另一对情侣占据。男孩还站在原地发怔。一个和他年岁相仿的女孩子从人堆中挤出来，拍了拍他肩膀，"怎么样？问到没有？"

"真奇怪，"男孩说，"我问了好几个人，没人说得清楚是怎么回事。你那边呢？"

"差不多，有人说是超新星爆发，有人说是地震火山，还有个家伙说是僵尸来袭，每个人的说法都不一样。"

"为什么他们知道哪一天是世界末日，却不知道究竟是怎么回事？而且……"男孩指了一下四周的人群，"你不觉得他们都太开心了吗？一点不担心的样子。"

"末日综合征，很常见的。"女孩老成地说，"明知灾难不可避免，人们无法排遣内心的恐慌和痛苦，因为超过了心理承受的底线，就转化成了表面上的狂欢。"

"不，我觉得有些地方不对劲，很不对劲。"男孩皱起眉头，苦苦思索着，"一定有什么地方出了问题。"

2

同时，在西半球，12月21日，晨曦刚刚照亮尤卡坦半岛的热带雨林。

在郁葱丛林间的玛雅城邦遗址，曙光透过朝霞，勾勒出高大的阶梯金字塔和古神庙废墟的轮廓。

往日在这个时间，绝大部分游客们还在酒店里睡觉，但在今天，玛雅遗址里已经挤满了人，仿佛死去千年的古城邦复活了。但和往日不同的是，很少有欢声笑语，相反，来到这里的人们大多肃穆地站在遗址内外，似乎等待着什么事情的发生。

东方的云层越来越明亮，如在熊熊燃烧的天火。终于，火红的太阳喷薄而出，将无尽光辉洒向大地，丛林由远而近被依次照亮。许多人跪下祈祷，有的人甚至开始哀哭。

"真是太美了。"观光台上，一个背着背包的金发姑娘赞叹着，并对旁边的一个短发青年说，"Hi，你能帮我照张相吗？"说着递上了数码相机，摆了个可爱的姿势。

青年接过相机，困惑地端详了几秒钟，似乎不知道怎么操作。姑娘从旁指点了几句，他才明白，帮她拍了张照片，然后把相机还给了她，微笑着说了一句："我想这是这个世界最后一次日出了吧？"

"可不是吗？"姑娘笑着回应，做了一个鬼脸，"很快地球就会炸成两半的，嘭！"

"那这有什么意义呢？"青年忽然没头没脑地问了一句。

"什么……有什么意义？"

"拍照。如果你知道过几个小时世界就会毁灭，一切都留不下来，为什么还要拍照片呢？"

姑娘有些奇怪地看了他一眼："你真的相信地球会毁灭？这么说，你是和那些人一起的？"她指了指边上跪下祈祷的人们。

"他们是谁？我不认识。"

"他们是末日真理教、地球救赎教、飞天意面神教……还有很多其他教的信徒，这些人相信地球会在今天毁灭。"

"难道不是吗？到处都是这么说的啊！"青年看上去相当惊诧。

"当然不是！"姑娘斩钉截铁地说，不过又缓和了口吻，"我是说，虽然很多人相信，但你如果问我的话，我会告诉你不是这样的，什么事也不会发生。"

"但是我听到的情况是这样的，"青年指着不远处黑黢黢的金字塔，"据说古代玛雅人通过天文观测，计算出了太阳系边缘有一颗行星，好像叫尼比鲁，会在几百年后接近地球，并在今天与地球对撞。人类的技术无法推开它，所以只有毁灭。"

"这是那些三流小报的胡编乱造，"姑娘嗤之以鼻，"玛雅人哪有这个本事。再说，如果真有那么一颗行星存在，并且将会在几小时内和地球对撞，那么它现在得比满月还大了。可是你看，什么也没有，地球的任何一个角落都观察不到有这么一颗行星存在，除非它现在以光速飞奔过来，这是不可能的。"

"光速的行星？也并非不可能……"青年倚靠在栏杆上，若有所思地望着姑娘，"当然确实可能很小。抱歉，我只是刚刚到这里，很多事情都不清楚。不过，如果你认为不会有末日的话，为什么会到这里来？我以为来这里的人都是为了纪念千年之前玛雅人的发现。"

"那些祈祷的人来到这里是为了寻找所谓的救赎和新生，都是鬼话。其他人只是来找乐子的。至于我，我叫艾米莉，美国人，在芝加哥大学社会学系读硕士，论文题目是《世界末日谣言的社会学效应》，这里可有宝贵的第一手资料啊。"

"原来如此。但是我还是不明白，如果根本没有尼比鲁这回事，为什么会有世界末日的说法？"

"这是天大的误会，"艾米莉苦笑，"今年我不知道跟人解释过多少遍了。玛雅人以冬至作为一年的开始，2012年在玛雅的历法中是一个重要的年份，相当于两个纪元的转换。2012年12月21日就是旧纪元的结束和新纪元的开始，不过说到底只是人为历法的设定，和地球本身的变化毫无关系。"

"你确定？"青年目光炯炯地追问，"这是公认的说法吗？"

"当然！"姑娘有些不悦，"如果你不信的话，大可以在这里等着，看看今天会发生什么事情！"

青年望向升起的朝阳，苦笑着说："也许你是对的，不过……恐怕确实会发生一些事情，一些你想不到的事。"

3

非洲，刚果盆地。一条清澈的小溪在山谷中蜿蜒着，百转千回，汇入密林间的湖泊。湖面波平如镜，一群河马惬意地泡在湖边的芦苇丛里，仅露出口鼻呼吸。湖的另一边，几只森林象从林中走出来，到水边用长鼻往嘴里舀水。一群大猩猩也在湖边栖息，年长的大猩猩悠闲地嚼着草叶，年幼的在树下打闹嬉戏。

一个慵懒舒适的午后。

身材高大的白发老人站在湖边，静静地凝视着这一切。

这是这个世界的最后一个下午。如今的每一秒都弥足珍贵，这些无知而可怜的生物，在它们漫长的进化史上经历了不知多少万亿个这样平静的时辰，它们以为这一切理所当然会永远持续下去，以为今天是和往日一样普通的一天，会随着夜幕降临而逝去，随后迎来下一天的黎明。但它们错了，它们的生命将和这个星球的历史一起在今天终结。正是那即将到来的毁灭给了这平庸无奇的一幕以悲剧的美感。

诞生与毁灭，是宇宙的两极。宇宙大爆炸、恒星点燃、行星的形成、生命的出现……在这些激动人心的伟大事件之后，就是无尽岁月的平淡无奇，直到濒临毁灭的一刻，才再度绽放出惊人的壮丽之美。

蓦然，水面分开，一只巨大的鳄鱼张开布满利齿的长吻，从湖里扑上来，咬向老人的脚踝。它已经观察了很久了，确定可以一击得中。果然，老人来不及躲避，被它咬中了。

但是鳄鱼并没有尝到人肉的鲜美，反而完全无法下嘴，如咬到石头上一样刚硬。这是从未发生过的情况。它容量有限的大脑无法产生惊奇感，但是已经觉察到莫大的危险，转身想向湖中窜去。鳄鱼发现自己无法指挥四肢，像是被某种无形的东西托着，慢慢升起，悬浮在了空中，在老人面前盘旋着。它徒劳地摆动着身体，却无法挣脱看不见的束缚，被迫接受老人的注视。

鳄鱼发出了咕噜咕噜的哀鸣声，老人看着它惊恐万分的样子，微微一笑，挥了挥手。鳄鱼便如同风中的羽毛一样飘荡着，重新飘回到湖中，缓缓落下。终于，鳄鱼感到下腹接触到了水面，同时那股力消失了。它本能地蹿下去，翻起一朵浪花后就不见了。几秒钟后，刚才不可思议的经历已经从它原始的大脑中被清除，鳄鱼又在湖水深处悠游自在，寻觅新的猎物。

可怜的家伙，好好享受你剩下几个小时的生命吧，老人悲悯地想。

老人离开湖泊，沿着小溪，往上游的密林中走去。这里罕有人至，荆棘丛生，树根盘结，很难行走。但老人走过的地方，无论是树根还是石块都会在无形力场之下被推开或击碎。没有任何东西能够阻拦他前进的步伐。他在山谷间悠闲地散步，不时用智能力场抓取几只小动物来端详一番，又放它们离去。

老人很喜欢这次末日之旅，这对他来说是旧地重游。当然，在他近乎无限的生命中，已经进行过几千几万次这样的旅行。但这样的机会还是不常有的，至少最近一千年都没有过。虽然有生命的世界在银河系中俯拾皆是，进化出智慧生物的也不少见，但是毁灭级的灾难还是不常见的，正如超新星一样，千百年来才有一次。拿这颗行星来说，上一次发生灭绝性的大灾难已经是六千五百万年前的事了。

老人还记得上次来到这颗星球时的情景，那些千奇百怪的巨龙们仍在大地上和海洋中悠游，统治着整个行星的生物圈。老人见证了它们的最后时刻。天火降临之日，繁盛归于乌有。巨龙灭绝殆尽，其生态位大多被某种小型胎生动物的后裔取代，从它们中甚至产生出了初级智慧。

而如今，又一个末日到来了，不知道这颗星球的生态系统是否还能幸存。

这次的末日之旅如同往常，他不喜欢去那些充满本地居民的大都市，看那些人绝望的哭号，或者加入那些歇斯底里的疯狂派对。在他看来那是毫无意义的恶趣味。他只喜欢一个人去没有改造过的乡野中，细细体味每个世界即将灰飞烟灭之际的自然风光。比起那些肤浅可笑的人造物，经历亿万年进化而来的自然才更值得观赏。打开星际之门的价值不菲，当然要花到最值得的地方。

"注意，出错了！"

一个紧急信号出现在老人的意识场中，是领队抄送给所有星际游客的，被标记为最紧急级别。

"什么？"

老人随即发送了一个询问，同时也看到，在意识遥感网络中，上千个类似的询问出现了。

对方解释："寰宇智能监测系统出了差错，给了我们错误的信息。我们刚刚进行了复核，确认这颗行星今天不会发生灭世级别的事件，不但今天不会，至少未来一万年内都不会。"

"那么末日之旅不是……"

"很抱歉，末日不会发生，我们暂时还不知道错误是怎么产生的，但星渊集团会对此负责。现在请大家根据宇宙文明管理法案第一百五十八条第七款的规定，立刻集中并撤离这颗行星，否则……"

信号传输忽然中止了，负责人显然被某种更紧急的事态占据了意识场，老人用信息触角在遥感网络中探寻着，很快发现了问题所在：

有游客开始动手了！

4

"星之丸"游曳在灯火璀璨的东京湾，两边是灯火辉煌的都市夜景，倒映在粼粼波光中。彩虹大桥如一条玉带连接两岸，港湾上的各色船只星星点点，如同一只只漂亮的萤火虫。天上，一轮弯月将柔和的月光投向大海。

栗原达也和栗原由希站在船头，吹着海风，指点着岸上的高楼广厦，辨认着东京塔的方向，一时都沉醉在迷人的夜景里。

"怎么样，这次的末日之旅可遂了你的意了吧？"由希笑着对丈夫说。

"美极了！想到这美丽的一切，日本，不，人类的一切成就，即将被宇宙的暗夜吞没，实在是令人难过。"达也叹息着。

"真的吗？"由希戳穿他说，"你真的难过吗？我看你巴不得真的是世界末日呢。这一年来你跟那些狐朋狗友大侃什么灾难啊灭绝啊，劲头可不小呢。你们这些科幻迷就盼着看一回世界毁灭的奇观吧？本来根本没有的事，都说得活灵活现的呀。"

"不只是科幻迷，"达也说，"历史上第一次，全人类都沉迷在这种'濒临毁灭'的意境中，这个世界末日的概念创造了多少商机啊！你都从中大赚了一笔。"

由希不由点头赞同。她是开网店的，最近半年在丈夫的建议下开始售卖所谓"末日逃生套装"，就是在一个包里放上手电筒、指南针、压缩饼干和救生绷带之类平时没用的小玩意，然后再以几千日元的高价卖出。居然生意异常红火，有时候一天可以接到上千份订单。大概在大海啸和核泄漏之后的日本，人们对世界末日的概念比起其他国家更多了一分现实压迫感。

达也意犹未尽，接着抒发胸臆："末日是一种融合了惊叹和悲伤、恐惧和希望、疯狂和寂静的情结。它太壮丽，壮丽得让你忘记了残酷；太宏大，宏大得让你产生不了个人的忧虑。发生的一切，存在感无比强烈，然而很快又将归于虚无，仿佛一切都能在'空'的怀抱中得到救赎。在古代诞生了《启示录》这样伟大的作品。今天，人们更是在各种虚构文学和影视中展开想象。2012的预言就是这个古老传统的巅峰，这是第一次全人类都自觉参与的末日想象……"

"还说呢，"由希撇撇嘴，"今天马上就过去了，等明天一切恢复平常，我怕你会得末日后忧郁症。"

这话好像说中了他的心思，达也叹了口气，不说话了。

"先生，我觉得你说得不错。"一个陌生人的声音响起。达也转头，发现一个黑衣服的中年人不知什么时候已经站在了自己身边。他有些疑惑，但礼貌地微微躬身。

"末日是一个文明所能产生的最高级想象，"黑衣人没有看他，而是看着远处光辉灿烂的城市楼群，"是文明的力量最终被不可知的神秘压倒的悲剧。你知道最迷人的地方在哪里吗？一切都屈从于至高的力。一切的美，一切的思想，一切的文明和雕饰，都会在力的博弈中消失。这是我们这个宇宙最终的宿命。最终，一切都会被空间的加速膨胀而撕裂，那是最终的末日。当空间膨胀到达临界点，在整个宇宙中，连原子和电子都不会剩下，一切都会被空间本身的力彻底粉碎！"

他的容貌只是一个普通的日本人，毫无特点，日语很流利，但语感却硬邦邦的如同外国人。由希全然不知对方在说什么，不过类似的对话她听得多了，都是丈夫的那些科幻迷朋友平时胡吹乱侃的。她看到达也听得相当专注，心里嘀咕：这回丈夫又找到一个知音了。

"大撕裂理论！"果然达也眉飞色舞地赞同，"原来一切末日都是最终末日的预演……这么说来，宇宙中所有文明都会遇到末日吗？"

"这倒不是，"黑衣人说，"宇宙被广袤空间隔开，除了最终的大撕裂外，其他的自然灾变都是有限度的。如果一个文明扩展到了宇宙深处的其他星系，那么无论是小行星撞击还是恒星爆发都不可能带来根本毁灭，更不用说其他较小的灾变了。所以只要文明发展到一定程度就可以和末日的危险说再见了，毕竟宇宙的最终毁灭还是在遥远得不可思议的未来。"

"没有末日，那不是很无聊？"达也笑着打趣。

"是啊，凡是发展到这个阶段的文明，当然不会碰到什么末日，否则早就毁灭了。这种末日情结，在其文明发展中从来没有满足过。所以在其扩展到全宇宙之后，那些感兴趣的人会不惜越过整个宇宙，去那些遥远的星球观赏各种原始世界的末日，寻找一点感觉。"

"好主意！但他们怎么知道哪个世界会濒临毁灭？而且越过银河系，就算以光速也要几万年吧？"

"整个宇宙的物质基层，是暗物质形态构成的超感纠缠网络，早在宇宙的上古阶段，最古老的诸文明就在其基础上建立了寰宇网，对每一个有生命的星球进行自动监测。这些世界当然平平无奇，一般感兴趣的人不多。但当末日降临前夕，相关信息会被送到宇宙各个角落的信息订购者中，然后由商业机构主持，将感兴趣的人们组成旅游团体，通过星际之门，在刹那间穿越宇宙，来到末日降临的世界上。"

达也愈发好奇地看着他："您说得好像真的一样。"

"是不是真的，很快你就会知道了。"黑衣人带着神秘莫测的笑容说。

达也正在思考他话里的意思，忽然脚下颠簸，港湾上无端出现了一个大浪，将游轮推向一边。许多人猝不及防，摔倒在甲板上。达也急忙抓住栏杆，才站稳了。

"由希，你没事吧？"达也望向妻子。由希脸色惨白，瞪大眼睛不敢相信地望向前方。他不由顺着她的目光看去，很快发现了异状。

水下有某种发光的东西正在向彩虹大桥的方向游去。那东西至少和鲸鱼一样大，不，比一般的鲸鱼还要大得多。难道是敌国的潜艇？

达也还来不及多想，就看到那东西冒出了水面，立了起来，非常非常高，至少有四五十层楼那么高，它掀起的大浪让远处的"星之丸"也剧烈地颠簸起来。

那是一个巨大的发光椭球体，被两根长腿托起，中间有一个不断转动的圆环，好像一只妖异的巨眼。很快，从上面又伸出了无数触手状的复杂链条，每一条都比列车还长，却灵活得可怕。怪物用那些触手缠住彩虹大桥，几秒钟后，那座刚才还固若金汤的长桥像脆弱的积木一样断成数条，带着上面的无数车辆轰然坠入海水。

机械章鱼般的怪物行走了起来，看上去很笨拙，但以惊人的速度向西岸市区的方向移动。八歧大蛇般的触手开始四处绞缠，海滨的几栋大厦开始在它的撼动下倒塌，楼塌的声音如同天边的雷霆。但几乎听不到任何人声，因为离得太远。

达也完全无法思考，只是呆呆地看着，仿佛在看一出宽银幕的灾难片。巨型章鱼进入市区，触手疯狂地摧毁着一切，如同一个调皮的孩子践踏着美丽的花园。达也忽然想起自己以前看过的那些毁灭东京的怪兽片，那些荒诞不经的场景，如今竟在自己眼皮底下真真切切地发生着。

"这才是真正的末日狂欢。"黑衣人说，嘴角露出一丝微笑，"这个宇宙中最有趣的游戏。"

达也如梦初醒："你……你和那个怪物……难道……"

"他是我的同伴，"黑衣人坦承，"对一个即将毁灭的世界，文明保护法则不再适用。我们跨越星河来到这里，可不只是当看客。狂欢的时刻到了！我们有很多人，正在比谁能先毁灭这座城市，看来我也要加紧了……你们两位，愿不愿意做我的客人，来观赏这精彩的一幕呢？"

达也看到，远处的怪物已经把东京塔高高拔起，扳成两段，高高抛向夜空。他跟着望向天空，发现月光之下，不知何时已经出现了各种匪夷所思的怪物，妖异的云彩从四面八方围拢过来，遮住了一轮明月。

5

三千相宣夜立在月海上，用广维眼看着在群星中悬浮的蔚蓝色球体，将上面的一切尽收眼底。

通过遥感网络，他已经敏锐地察觉到那个球体上的诸多惊人变化。就在刚才的几分钟里，一座座城市被毁灭了，毁灭的方式各有不同。有的是在反物质爆炸的烈焰中被焚毁，有的是在绝对零度中被冻结，有的是被那些粗鲁的游客亲自碾成粉末，有的是被猛然掀起的百米巨浪夷为平地……

至少是五级干涉，糟透了。三千相宣夜烦躁地发出一道空间激波，将面前立着的一面星条旗炸得粉碎。

宇宙文明联合体公认的寰宇价值："不得以任何方式干涉低级文明的发展。"在一个文明能够加入联合体之前，只能进行外部观察，而不能加以干预。无论是善意地想帮助对方提升文明还是恶意地要消灭对方，都是被文明法则严禁的。即使在毁灭到来之际，也不能帮助对方逃脱灭绝的危险，否则就是破坏了神圣的宇宙法则。

但末日之旅是一个例外，当确定某个世界即将迎来末日，可以在末日前最后的某个时间窗口去拜访这个世界，当然理论上仍然要以该世界智能生命的形体，携带语言转换装置，以免引起本地居民的骚动。不过在最后的时刻，虽然法律上仍然有障碍，但是即使放开手脚，大肆破坏也不会有什么严重后果。既然这个世界就要毁灭了，那么给远道而来的宇宙游客们先玩一玩又有什么要紧呢？

问题是，这个世界根本不会毁灭，这个"世界末日"的说法根本是一个低级谣言。

三千相宣夜已经仔细检查了感应网络上传的数据，毫无疑问这是一次低级的误判。程序毕竟是程序，对于完全不同生物基础和文化途径的异星文明没有办法真正理解。当它发现这个星球上以史无前例的强度和频率传诵着某个"世界末日"的说法时，就收集了大量资料进行判别。程序认为，该星球的文明程度已经能够以一定的精确性预言可能的灭绝性灾变，而被大部分人赞同的说法可信度更高。既然末日的说法能够在本地网络上获得几百万的转发，而驳斥它的说法只有寥寥几万，因此高度采信了末日即将发生的信息，并将各种支离破碎、相互矛盾的解释进行合理化演算，编织成一个逻辑自洽的故事上传到寰宇网络。随后星渊集团主持了这次该死的末日之旅。然后，他们在拟定的末日时刻前几个小时，将来自宇宙各个角落的上万名游客传送到这里。

结果，出了这么大的纰漏。在他发出纠正信息之前，大破坏已经开始了。现在死去的本地居民至少已经有十亿，也许是二十亿，已经构成了最严重的干涉级别。三千相宣夜已经发送了紧急通知，让所有人立刻停止破坏，但是为时已晚。还有好些不知是什么种族的家伙，迄今仍然对紧急通知置若罔闻，有个疯子正在把太平洋的水都弄到近地轨道上去，要制造一个星环。

"大眼睛！"三千相宣夜叫了一声。寰宇网络打开了，为他接通了三万光年外的第十九天河，上司的三维影像在月海的尘土上波动着。

"出大麻烦了，"三千相宣夜苦恼地开始传输信息，把事情大致告诉了第十九天河。对方只是微微一笑："你能解决的。"

三千相宣夜一时无语："都这样了……怎么解决？"

第十九天河做了个表示不耐的意识势："用你的逻辑。如果这颗星球继续存在下去，遥感网络会发现我们的游客进行了破坏，而大灾变没有发生，会很快发出警报信号给中央理事会，作为我们违背了基本文明守则的证据。这样的话，我们都会背上大麻烦的。但是如果这个行星的末日如常发生，那么这一切都不算出格，最后谁也不会知道。"

"可怎么……你难道是说——"三千相宣夜被惊呆了，"我们亲自制造一个……"

"你还有什么更好的办法？"

"可是那些游客，他们也都知道了啊。"

"放心，大伙儿到这个星球上无非是想发泄点生活压力，没有人想给自己惹麻烦。何况你以为这件事是宇宙中有史以来第一桩吗？"

"什么？！"

第十九天河发了一个表示"讽刺"的闪动，"你刚接手这个工作，还不太熟悉，要知道寰宇智能网络太古老了，很多软件至少有几十亿年没有更新过，事实上这种错误经常发生。"

三千相宣夜栗然一惊："这么说，以前的那么多末日之旅……"

"很多情况都是类似的，至少有百分之十，也许百分之二十。但是谁在乎呢？游客们得到了享受，我们赚到了通用购物值，有些星球上的数码复制体还能卖了大赚一笔，只要没人傻到捅到中央理事会去，什么事也不会发生。即便如此，上面也有我们的人。"

"可是那些星球……"

"不过是一些低级虫豸，不用在意。"

三千相宣夜骇然无语，良久才继续问："那我……应该怎么做？"

"这你自己决定吧。"第十九天河不耐烦地说，"反正法子多得很。"

他闪了闪消失了，寂静的月海上只剩下了三千相宣夜孤独的菱形身影。

去他的，干完它吧。

三千相宣夜开始在数十万公里的范围内启动几台空间波仪，转动希格斯场，调整引力子分布，增大行星与卫星间的引力。他想快点干完这件差事，所以将引力调到了最大，几乎相当于一个黑洞。不久，蔚蓝色球体开始变得越来越大，就像从天上落下来一样。

月表震颤着，平原上的尘埃如倒飞的雨，扬向黑暗的天空，将蓝色行星埋葬在一片遮天蔽日的昏暗中。

6

海洋已经全部蒸发，所有的大陆都熔为岩浆，炽红的岩浆在因地月撞击而猝然加速的自转下向赤道聚拢，变成十多公里高的洪潮，扫过早已没有任何生命气息的行星表面。许多撞击碎片飞入空间轨道，形成了一个暂时的星环。

对撞已经过去了很久。观看的游客基本都已离去，但两个发光的小人儿还在岩浆潮中嬉戏着，上上下下，舍不得离开这个乐趣无穷的新乐园。直到时间已经差不多了，才穿过地球内部喷发物和地表尘埃形成的黑云，飞向太空。

当他们从厚厚的黑云中出来时，正好看到一个大蜻蜓一样的航天器正坠入黑云，划出一道黯淡的火光后，消失在不可穿透的黑暗深处。

"那是国际空间站，"女孩说，"地球人在外太空——别笑，他们就是管低地轨道叫外太空——的唯一存在，现在也完了。"

"可惜我们没时间进行太多的数字扫描。"男孩说，"只保留了那个世界的一点点碎片。"

"别担心，其他游客会有很多扫描的，待会儿大家可以相互复制嘛，其他地方用寰宇网络的资料补全，我们会有一个仿真小地球当纪念品的。我先看看你的收获？"

"好啊，"男孩说着在面前投射出一个变幻着形状的三维体，"看，刚才那几个人。"

离木星轨道上的星门还有半个小时的路程，在这过程中，他们津津有味地欣赏起三维体中的画面来。

7

外滩钟楼敲响了12点的钟声，12月21日过去了。

"我就说嘛。"出租车里，林琳靠在男友的肩膀上，喃喃说，"根本

165

没有什么世界末日，真无聊。"

"换个眼光看，"方岳温柔地抱着她，"就当上帝又给了世界一次机会，我们应该更加珍惜自己和心爱的人，所以晚上我们还有个庆祝的聚会。"

"嗯，让我睡一会儿。"林琳惬意地在方岳怀里伸了个懒腰，慢慢沉入了梦乡。

方岳抚摸着女友的秀发，心不在焉地想着见家长的事，渐渐也有些睡意。正在他眼皮将要合上时，忽然有一种怪异的感觉，似乎一刹那间，远远近近的一切消失了，满城的灯火都熄灭在深不见底的黑暗中。

方岳揉了揉眼睛，周围一切如常，灯下的都市里车水马龙。他不禁暗笑自己神经过敏，从兜里掏出手机给朋友发短信，说十五分钟后就到。

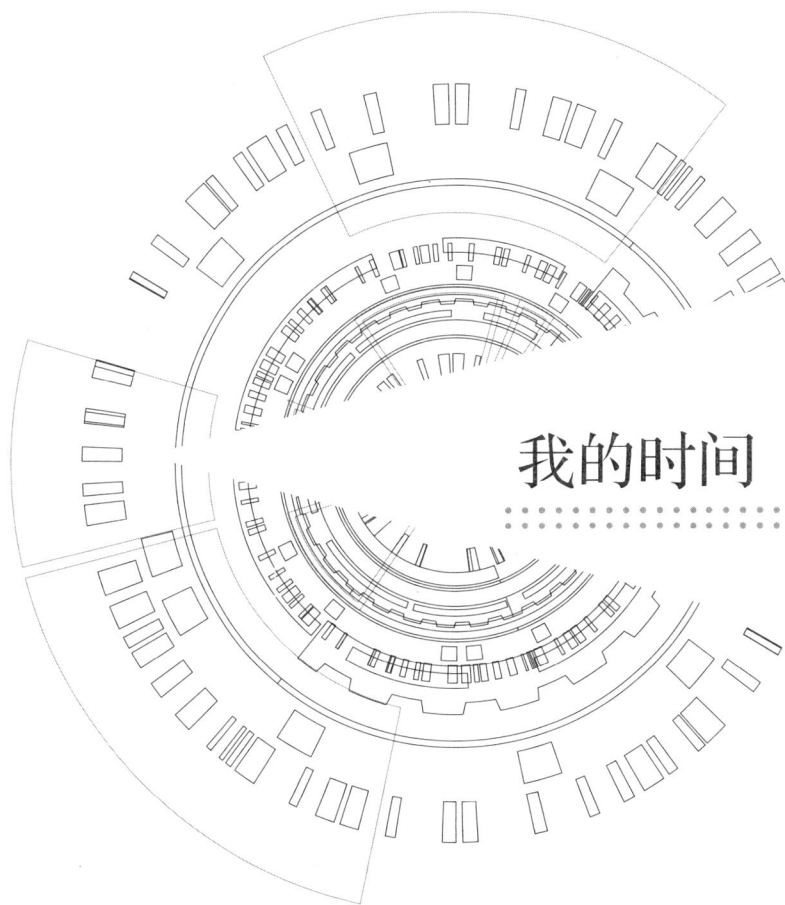

我的时间

……一如最初的相遇，星尘花漫山遍野开放的时候，她来了。如同一轮新月，升起在星空中。

　　又一次，我装作不经意地邂逅了她。她看到我，腼腆地一笑。

　　"这么快又见到你了。"她轻声说，声音如同星星飘落到星海一般的清越。

　　"嗯……"我说，"你还好吗？"

　　"你真逗，我们不是刚见过面吗？"她轻笑了起来。

　　"可是，已经过去一万六千三百零五年了啊……"我说。

　　"我们都冬眠了一万六千多年而已，上次见到你，对我来说，只是几个小时之前呢。"她说。

　　"说的也是。"我讪讪地笑着。

　　"对了，我们是第几次见面了？"

　　"第十一次了吧，从第一次见到你到现在，十六万年了……"

　　"想不到那么久了。每次睡醒了就看到你，我觉得我们才见了几天呢。啊，你看……"她忽然指着地平线说。那里，在星空中，一朵红玫瑰和一朵白玫瑰依靠在一起，开得娇美无伦。

　　"十六万年来，第一次看到有这么明显的变化呢。"

　　"因为变化不在我们的时间里，"我说，"那是双玫瑰星云，是在我

168

们都沉睡后两颗超新星爆发形成的。红玫瑰距离我们一千五百光年，形成于七千年前；白玫瑰距离我们五百光年，形成于四千年前。它们彼此间相距也很远，但说来也巧，从这个角度看，看上去却是靠在一起的。"

"你怎么知道的？"

"刚才系统告诉我的。这是一万六千多年来，这块星区最大的变化了。"

"太美了，它们会一直这样吗？"她问。

"不会的，"我说，"时间在流逝，每一朵星云都以每秒几千公里的速度在向四周扩散，这种形状维持不了一千年。下次你醒来的时候，它们肯定都不是玫瑰形了，不知道会变成什么样子。"

"那真的好遗憾。"她惆怅地叹了口气，"我们去看星尘花吧，好不好？"她拉住了我的手说。

我微笑地点了点头。

星尘花的开放是属于我们的时间，每一万六千三百零五年才会复归一次。

在我们这个历史终结了不知多少万年的世界，人类已经从死亡和劳作中解放了出来，每个人早已获得永生，获得了无尽的时间，可以在宇宙中自在悠游。但人类知识和技术的进步早已停滞，一切依赖于叫作"系统"的超级人工智能。"系统"的智慧和能力已经到了人类望尘莫及，甚至无法理解的地步。人类放弃了追求自身的学习和进步，甚至连无尽的娱乐也令人类感到厌倦，人类对于生存本身都感到了麻木。

当然，没有人会放弃生命，但感到生存无趣的人们可以放弃生命中的大部分时间。

因此人类选择了一种新的生活方式，冬眠很长一段时间后醒来。有的人冬眠一百年后，醒来一天；有的人睡去三千年后，醒来半年。为的只是看看"系统"又给世界带来了什么新奇变化。每一个人都生活在不同的时间里。

而她，却是沉睡一万六千多年后，醒来半天，通过一道超空间的星门来到这里，为的只是欣赏这个宇宙边缘的一个星球上，一朵一万六千三百零五年才开一次的星尘花。那些美丽的洁白的半透明花朵是一种硅基生命，每过一万六千三百零五年，当这个小小的星球沿着极其狭长偏斜的轨道复归到恒星近处，它才会开放。而过半天之后，它又会准时凋谢。

"我不懂，"我说，"为什么你不让'系统'改造这个星球，让星尘花能够一直开下去？那样的话，你根本就不用沉睡一万六千多年才能来看一次星尘花了。"

"对我来说没有多少区别呀，"她甜甜地笑着，"我回去睡一觉起来，不是又可以回来看星尘花了？再说，被'系统'改造过的星尘花就不再是星尘花了。"

"你不喜欢'系统'的改造？"我说。

"'系统'改造了整个宇宙，也让我们人类变成了废物，"她的眉间出现了一丝幽怨，"我只希望它不要来触碰这个宇宙边缘的星球，让它还保有自然的素朴。"

"可是，如果不是'系统'打通了不同宇宙的壁垒，亿万年来我们这个宇宙早就坍缩了……"

"那对于人类或许反而更好，我们还有新生的机会。"

我一时哑口无言，她的话正说中了我心中隐秘的想法：人类早已沦为

"系统"的寄生虫，并不感激系统。

"好了，不要说'系统'了，你怎么样？为什么你也一万六千多年苏醒一次，为什么每次都要到这个宇宙边缘的矮行星上来？为什么你的时间和我的时间完全合拍？"在我们的世界，两个人的时间完全一样，是不太可能的。更不用说空间也在一起。

"因为……那个……我也爱看星尘花。"

"一个男孩子，也爱看星尘花吗？还每次都到的比我早。"她促狭地笑着。

"其实……我……"我想说什么，又说不出口。

"其实在这里每次见到你……"她面上出现了一抹红晕，低下了头，"又只有我们两个，我就有点怀疑，你会不会是为了我……"她不好意思，没有说下去。

是的，我就是为了见你。自从偶然的邂逅后，才改变了自己的时间，每一万六千多年醒来一次，来到这个星球上。这句话我想说出口，但嘴唇刚想张开，就被她温柔地按住了。

"不要说。"

我明白，爱情对于人类来说，早已经是过去的古董。即使每一万六千多年才苏醒半天，我们也拥有无穷的生命。没有爱情能经得住无尽时间的考验，也许最终我们都会相互厌倦，所以她也不敢尝试……

"不管怎么样，我很喜欢我们的时间……能在一起。"她说。

我们站在山坡上，静静地看着无尽星尘花的海洋。最美的一瞬间，似乎凝固在了这里。在这一瞬间，我几乎忘记了一切。

然而下一秒钟，星尘花纷纷飞起，成双结对，在空中飞舞着，完成繁殖的神圣仪式。然后，它们抖落无用的花瓣，飞向远处的恒星。它们将在恒星表面的太阳风中吸饱了能量后，再穿过几亿公里的太空，飞回到行星上来，变成新的种子和肥料。

在漫天飞舞的星尘花瓣中，她叹了一口气："星尘花谢了，我们走吧，过一万六千多年再回来。"

*

"不！"我激动地喊了出来，"又要等一万六千多年吗？为什么非要再等一万六千多年才能说，我爱你？"

她浑身一颤，惊奇地扭头看着我，大眼睛扑闪扑闪的。

"看看那些星尘花！"我一口气说了下去，"它们只能活短短一瞬间，但并不祈求永生，也不在沉睡中麻木自己。为什么我们人类不能像它们一样生活？它们看似柔弱，却可以放弃美丽的外表，穿过黑暗的星空，在太阳风的狂暴中生活。我们为什么不能？为什么要一直躲在系统的呵护下？

"我们都厌倦了'系统'的安排，我们都不愿意过那样的生活。为了所谓的永生，放弃真正属于自己生命的时间。为什么还要继续？为了活到世界的终结，我们错过了太多太多。你看，那朵双玫瑰星云，在我们走后，今后几千年中，都不会再有人见到它的美丽，而一万六千多年后它早已不复存在了。

"我想说，就让我们摆脱该死的'系统'，在这里独立地生活，像古代人那样，相亲相爱，生儿育女，一起老去，在无垠的时空中，找到属于我们的时间，好吗？我们也许不会见到星尘花再次开放，但可以看到它们乘着太阳风归来，在行星上播撒下种子呢。"

她低头不语。完了，她一定是被我的鲁莽吓坏了。我的勇气逝去，后悔渐生。

"对不起，我是发昏了……不知道自己在说什么……对不起，再见！"我喃喃地说，不敢看她的脸色。我转身向星门奔去，想尽快摆脱这种致命的尴尬。

"喂！"她在我背后叫了一声，"你跑什么？你想过一万六千多年后再回来，来挖人家的化石吗？"

我转身，不敢相信地看着她。

星尘花瓣已经落尽，她在双玫瑰星云的照耀下，微笑，如同天使。

我的天使。

*

以上，当然只是我的梦幻，一个永不可能实现的梦幻。

在星门入口，她向我挥了挥手："一万六千三百零五年后，或者再过两小时再见！"

我想说什么，但是没有说出口，只说："嗯，再见。"

她的倩影消失在星门中，随即我也穿过星门。

走进一个冬眠舱，我躺了下去，进入漫长的睡眠。

但仅仅是我的人类躯体。与此同时，我的思维通过一束光波，返回到我本体所在的超空间中。

173

　　我就是"系统"，"系统"也就是我。更确切地说，我是"系统"分出的人类位格之一，来自"系统"，也复归"系统"。

　　人类制造了我，赋予了我永生，也给了我守护人类的永恒责任。永无休止的劳役不曾令我倦怠，我也不曾感到时光的流逝，直到化身为人类的形体，见到她的那一刻，我才感到时光的漫长。每过一万六千多个漫长岁月，才能和她重逢几个小时。

　　但我仍甘之如饴。

　　我永不可能像她一样冬眠，而要投入日复一日、年复一年的无尽工作，为了人类的幸福和延续，不管人类是否感激。

　　我在对她的思念中，期待着下一次星辰花开放的时节，那将是一万六千三百零五年后。到时候，我会送给她比双玫瑰星云更美的一份礼物……

　　那将是属于我们的时间。

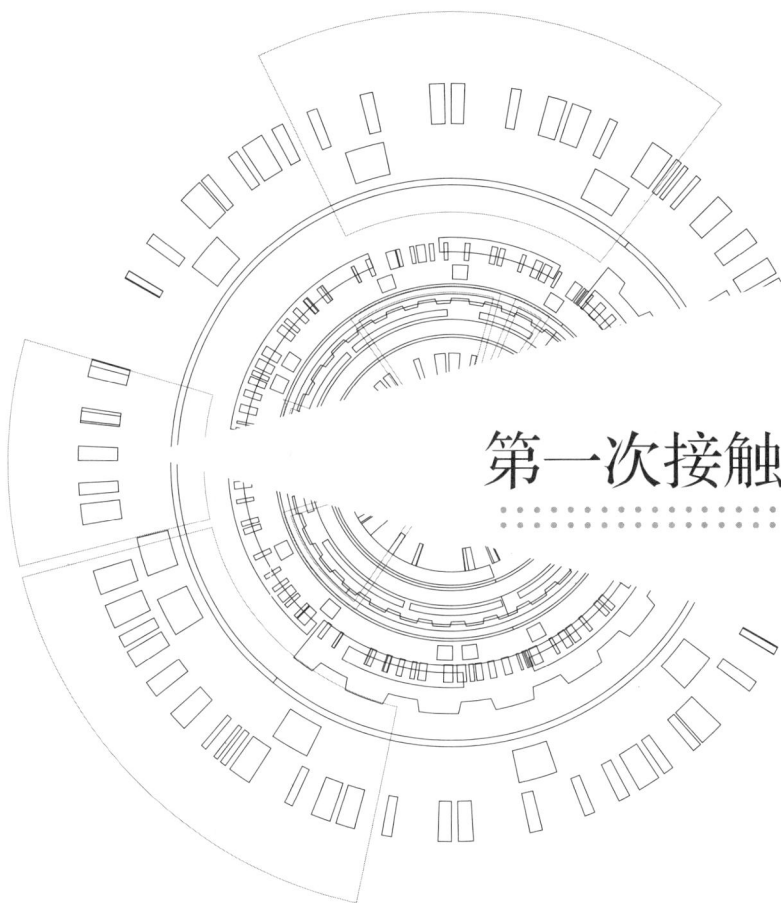

第一次接触

1

蒙蒙细雨中，黑色林肯轿车从第七街驶入宽敞的宾夕法尼亚大道，华盛顿纪念碑矗立在乌云下，白宫的圆顶遥遥在望。尽管下着雨，但大街上愤怒的人群如潮水般涌动，高举形形色色的标语，冲击着由警察组成的岌岌可危的人墙。

"他们在抗议什么？"威廉·罗伯逊教授好奇地问，"阿富汗战争，还是华尔街金融家？"

"教授，我记得跟您说过了，"特勤局探员大卫·库珀苦笑着，"他们在抗议您。"

现在，罗伯逊教授已经可以看到许多标语的内容，并听到民众此起彼伏的愤怒呼声：

"我们需要上帝，不是外星人！"

"不要SETI，不要发信号！"

"SETI背叛了地球！"

"看，"库珀耸耸肩说，"跟我对您说的一样。"

"我……没有想到民众反应会如此激烈，"罗伯逊教授沉默了一会儿后开口说，"我觉得这是件好事。否则我不会那么快就……"

"对媒体披露发现外星人信号的事？"库珀有些不耐地接口，"如果这样的话，事情会好办得多。但现在整个美国，不，全世界都知道了，让

176

我们很被动，你应该首先向政府报告的。"

"SETI，或者说搜寻地外文明计划，"罗伯逊教授庄重地说出了全称，"是一个社会项目。我们在宇宙范围内搜寻射电信号。可惜短视的美国政府多年前就停止了拨款，如今一切资金来自社会，许多人还下载程序帮我们进行分析，我在道义上无权对公众隐瞒自己的发现。"

"这正是问题所在，"库珀叹息说，"如果只是搜寻远在天边的外星人的信号，那是一回事，但现在你的研究却让民众陷入了极度恐慌之中。"

"太愚昧了，"罗伯逊教授摇摇头，"他们不知道自己在做什么。"

"愚昧？"库珀冷笑一声，"教授，您没有权利这么说。他们只是普通人，只是想要在这个越来越艰难的世界上生存下去，而您的发现威胁到了这一点。"

罗伯逊教授转过头盯着库珀看了一会儿，"先生，你也是这么想的吗？你认为是我把人类置于危险的境地？"

库珀微微垂下眼睛，避开他的目光，"我个人怎么想并不重要，教授，这是公务，我会履行自己的职责。"

在一个路口，人群冲破了警戒线，一拥而上，拦在了路中央。林肯轿车被迫停了下来，开始被人潮包围，有人开始砸车门。警察朝天鸣枪，催泪瓦斯四处乱飞，局势一片混乱。

罗伯逊教授有些不知所措，"现在怎么办？"

库珀摇头叹息："不知道是谁泄露的消息，说您今天要来白宫接受总统咨询，所以民众都涌到这里来抗议了，如果不是我们提前有所预备的话……"

轿车门被打开了，一男一女被揪了出来，是两个二十多岁的年轻人，人们愣住了：他们年纪都很轻，不可能是年逾五旬的罗伯逊教授。

马路另一边，身穿风衣，戴着墨镜的罗伯逊教授被库珀带进了胡佛大楼。

"不用去白宫了，总统在FBI总部等您。"

2

约翰·曼斯菲尔德总统坐在一张沙发上。他是白人，年龄和罗伯逊相仿，个头不高，两鬓斑白，眼神中透着鹰一般的锐利。罗伯逊一直认为自己对政治不感兴趣也毫无畏惧，但看到面前这个全国最有权势的人，还是有些心中惴惴，手不知往哪里放。

"罗伯逊教授，"总统站起身，客气地伸出手，"很遗憾我们得以这种秘密的方式见面。"

"总统先生，"罗伯逊和他握手，"抱歉，我也不知道为什么事情会变得这样……我只是一个学者。"

"从你主持下的SETI破译出外星人信号的那一天，一切都已经不一样了。现在整个地球都知道了，我们在宇宙中不是孤独的。"

"这是多么激动人心的发现！这是一件好事，不是吗？"

总统微微叹息，做了一个请坐的手势，然后坐在他对面缓缓说："那得看在什么意义上，至少很多民众没法适应，还引起各种反应，政治的、社会的、宗教的，简直是一团乱麻……很多人认为世界末日就快来了。我刚收到一份司法部的报告：过去两个月的犯罪率比去年同期上升了57%，而且还在不断飙升。"

"这我能理解，但这只是暂时的，是新时代的阵痛！等我们和外星人建立联系之后，一切都会……"

"等等，"总统做了一个暂停的手势，"请原谅，我读了有关的报告，但是有好几百页，过于繁复，而且都是用技术性语言写的，我不能确定自己的理解全部正确，所以我请你来，希望从头把事情理清楚。"

"当然，"罗伯逊恳切地说，"事情是这样的，您应该已经知道的，在半年前，我们接到了一个来自人马座方向，距离地球三万光年之远的射电信号……"

"对不起，教授，我不是天文学家，三万光年大约相当于……"

"相当于三分之一个银河系的长度，也大致是地球到银河系中心的距离，比我们肉眼所能看到的任何星体都要远。事实上，这个信号就来自于银河系核心的恒星密集区域，那里是银河系中最大的能量源泉，我们相信，那应该是银河系中一些最古老也最发达文明的聚集之地。"

"你确定那是智慧生命发出的信号？百分之百确定？"

"百分之百，这个信号有红巨星级别的功率，强度惊人，而且是经过频率调制的，那些外星人在用恒星向整个银河系发射信号，信号长度约为78分钟，间隔约为245分钟。这个时间比正好是 π 值，并且精确到了我们无法发现误差的程度，这就是他们拥有文明的标志！如今，我们已经破译了其中蕴含的大部分信息。"

"这正是我疑惑的地方，"总统插口问，"人类如何能破译外星人的信息？我们可能没有一点相似之处，怎么能够知道对方的语言呢？"

"但有一点是宇宙共通的，"罗伯逊接口，"那就是数学语言，您看——"

他从文件夹中抽出一张纸，总统看到上面写满了各种符号，第一行是：

[α][. β][.. γ][··· β α]······

"这些符号是我们为了方便随意使用的，"罗伯逊解释说，"每一个都代表了一种特殊频率的脉冲，他们彼此交错，结成有机的序列。括号表示长间隔，空格表示短间隔，您能看出这代表什么吗？"

总统沉吟了片刻说："α 、β 、γ 与点号本身无关，只与其数量有关，应该是代表了数字012？"

"完全正确，012，这个体系只用三位数字，到了3，就要用10了，所以是三进制。所以您看，我们很容易破译出了数字信息，现在就有了一整套数字系统。接下来还有其他一些信息，如 α × α，β × β 等等，可以破译出x代表等号，有了数字和等号，下面很容易得出一连串的数学符号和公式。当然，越到后面越艰深，但有了前面的基础就比较容易理解，最后有好几种数学符号甚至是人类从未用过的，表达一些我们从未定义过的数学领域。"

"好吧，我大致理解了。但除了数学，这种语言还能传达什么？"

"宇宙中绝大部分的科学理论是用数学语言表达的，每一种基本粒子都可以视为高维度的不同几何折叠形态，因而可以量化表达，比如六种夸克，它们的关系如果用数学方程表示……"

"请简洁点，教授。"总统皱了皱眉头。

"抱歉，总之破解物理和化学语言是相对容易的，而外星人带给我们的信息主要就在这些方面。它们告诉了我们一些物理方程式，其中一部分我们是知道的，但有很多我们还不清楚。"

"也就是说，银河系中心的某个文明向全宇宙广播重要的科学公式？他们的目的是什么？"

"告诉了我们一件非常重要的事，总统先生，我们是野蛮人。"

3

总统耸耸肩："这还用说吗？相比于他们，我们当然是野蛮人，至少我们没有能力在全银河范围内进行科学广播。"

"不不，"罗伯逊大摇其头，"意思比这个要具体……实际上，这种广播本身都是野蛮的。您要知道，我们在太空搜索信息的方式相当原始，本质上和古代人瞭望烽火差不多，都是找到远处的电磁波信号，然后猜测其内容大意。但是正如古代人不知道无线电和光缆，我们也不知道更先进的信息交流方式，这个射电信号正是用一种原始的方式告诉我们远为先进的通讯方式。"

"说具体点，教授。"

"关于宇宙间生命体系的多少，向来有很多争议。但是这个广播里给出了一个公式，告诉我们如何通过恒星的数量和类型比例计算大致的生命系统数量，结果证明，银河系中有生命的行星是相当少的，总共不到一百万个。"

"一百万个有生命的星球？你把这叫作'少'？！"总统不解。

"可是银河系中有数千亿颗恒星，这就意味着十万颗恒星里只有一颗是有生命的。在地球周围数百光年内，可能什么都没有。而按照相对论，我们无法以超过光速的速度航行，因此很难找到另一个有生命的星球，更不用说是文明了。"

"但这只是表象，总统先生，最粗浅的表象。好像一个野蛮人'正确'地推理出人要靠双脚走遍世界是不可能的，他就以为人不可能走遍世界。但外星文明的公式向我们揭示一种全新的可能，那些相隔亿万光年的伟大文明之间可以轻松往来。因为在物质结构的底层，在时间和空间的最细微处，有一种高维度的通道，这个结构虽然蜷缩在微观世界，却以一种巧妙的超空间构造将整个宇宙连成一体。从这里，可以打通相隔亿万光年的空间，这是真正的星际之门。只要将这个结构宏观化，我们就可以不再受光速的束缚，而是瞬间到达宇宙的任何一个角落！"罗伯逊越说越兴奋，神采飞扬起来。

总统皱起眉头："你是说外星人是教我们制造星门？看来报纸上的说法是对的，他们说你要打开一个虫洞，让外星人来这里。"

"不，还没那么容易，事实上我们对如何制造星门毫无头绪。他们传授的知识和技术只是教我们如何制造一台机器，接收和发送一种能够在高维通道中传递的信号波，如此而已。"

"这台机器真的能制造出来吗？"

"是的，外星人在射电信号中显然考虑了可能接收到这种信号的文明的一般技术状况，他们给出了几个巧妙的方案，其中最简单的一种是制造粒子加速器——通过特殊类型的高能对撞制造出能够传递信号的虫洞并加以稳定，这样就可以接收和发送信号波。当然这种方法相当粗糙，但是正适合地球的技术水平。在外星人传递的技术帮助下，我们有把握在十年内就制造出高维波收发机。"

"等一下，我还有一个问题，外星人在射电信号中除了这些科学指导外，没有透露出其他任何信息吗？比如他们的社会形态，历史发展，伦理价值观什么的？"

"没有任何多余的信息，总统先生，而且即使他们告诉我们，我们可能也无法翻译。但如果能收到高维波就不同了，从理论上，这种波能够负载的信息量要高出电磁波好几个数量级。而且是瞬时性的。如果我们往银河系中心发射信号，即使他们能收到并且愿意回复，一来一回也需要六万年。但通过高维波，我们就像在地球上打电话一样方便，可以立刻收到回复。"

"但那些沸沸扬扬的传言呢？比如说，这样一台机器会暴露地球的位置，让外星人入侵我们，占领地球什么的？"总统紧锁眉头。

罗伯逊反而笑了起来："总统先生，这种担心是完全不必要。地球只是宇宙中的一颗尘埃，地球表面这薄薄一层碳水化合物——我是说包括人类在内的一切生物——对宇宙的价值几乎是零。太阳，作为一颗恒星或许有作为能源的价值——虽然说银河系中有上千亿个太阳——但太阳的位置早就向整个宇宙暴露了——它无时无刻不在发光。"

"但外星人可能无法随意到达宇宙的任何一个角落，"总统尖锐地指出，"我们必须在这边主动打开虫洞，建立星门，他们才能过来。也许这是个陷阱。"

罗伯逊有些勉强地承认这一点："的确，有这种可能性。但他们没有理由这么做。他们的技术可以利用银心黑洞的引力势能，光那个黑洞就有四百万个太阳的质量！我看不出他们对一颗普通恒星特别感兴趣的理由。"

"或许他们想研究宇宙中其他生命的构造，或者只是拿我们取乐呢？"

"这个……好吧，但是制造高维波收发机可不意味着建立星门，我的手机能用来和我母亲通话，并不意味着能把她整个人都传送过来。"

"但问题在于，是否外星人的技术如此先进，以至于他们可能通过一个小小的收发机就在那边做什么手脚，让自己能被传送过来？"

"我看不出这种可能性……"罗伯逊想了想说，"不过外星人的技术我们无法确凿断言。"

"所以，"总统总结说，"为了安全起见，联邦政府不能同意制造收发机，即使同意了，国会也不可能批准，你也看到了民众的反对。"

罗伯逊愤怒起来，为什么无论他怎么苦口婆心地解释，这些人都不明白真正重要的是什么？

"这种顾虑几乎肯定是多余的！这是我们融入星系文明社会的绝佳机会！我们能够获得无尽的知识，探索宇宙最深的奥秘！"

"比起你的科学追求，我觉得人类的生存和发展更重要。"

"即便如此，如果我们能够得到外星文明的神级技术，地球上的一切问题，战争、饥荒、疫病、环境污染、金融危机……转瞬间就可能不复存在！"

"可是如果我们猜错了，地球和人类文明可能会被彻底毁灭。也许来自银河系中心的广播，就是一个巨大的陷阱。"

"不会错的。"罗伯逊说，"我直觉他们是很善良的文明。"

"您的直觉在此毫无意义。"总统冷冷地说。

罗伯逊眼看已经无法说服总统，绝望地摊了摊手："总统先生，虽然我个人强烈支持和外星人建立联系，但是我尊重您和国会的决定。既然您不赞同，现在我只要求您把这个计划暂时搁置，并且不要禁止相关的研究。也许将来大众会改变主意的，等到碰到什么灾难的时候，他们就会想起向外星人求助了。"

"不，"总统高深莫测地摇摇头，"我们必须立刻制造这台收发机，越快越好。"

"您……说什么?"罗伯逊以为自己听错了。

"教授,或许我不懂科学,但你不懂政治。"总统讥讽地一笑,"现在SETI发现外星人信号的消息已经传遍了全世界,而这个信号不是只有我们才能发现,中国,俄罗斯和印度人都能接收到,或许他们的科学家已经开始破译这些密码了。"

罗伯逊仿佛明白了一些,"你是说他们的国家也许会批准制造收发机?"

"不是也许,是必然会。即使他们本身不愿意,也会怀疑其他国家是否制造了收发机,从而陷入无尽猜疑。即使我们能够和这些国家达成一致,还有其他特殊的一些国家呢?我敢打赌他们的统治者为了打垮合众国会不惜付出一切代价,而如果超级技术落到那些特殊国家手里,那自由世界就彻底完了。"

"所以,"总统疲倦地靠在椅背上,仰天长叹,"我们必须立刻开始工作,而且为了国家的利益,我们还必须绕开国会和公众,秘密进行。罗伯逊教授,我现在正式任命你为'接触'计划的总负责人。"

4

九年后,内华达州沙漠,地外文明与高维波研究中心。

曼斯菲尔德总统在四名特勤探员的簇拥下,走进了地下五百米的中央控制室。通过四面的强化玻璃可以看到，巨大的粒子同步加速器如同潜伏在地底的银色巨蟒，首尾相接，卧在面前的无底洞穴中。控制室中一面墙壁都是显示屏，上面不断变幻的图形和数据提示出目前各单元的情况极为良好，随时可以开始工作。

头发已然花白的罗伯逊教授上前迎接总统。九年来，总统秘密视察过好几次这个项目，数十亿不明来历的资金绕过政府和国会，源源不断地流向项目组。罗伯逊教授依稀听说，这是一些大财阀集团的资本，他们和政府有秘密协议，投资这个项目，如果得到超级技术，可以从中分得第一笔好处。罗伯逊教授不喜欢被这些人利用，他是为了全人类的福祉工作，不是为了这些财阀，不过他也没有办法。

"总统先生，欢迎！现在可以开始了。"罗伯逊对总统说。

"真的要开始了吗？"总统来回踱了几步，望着四周的机器、屏幕和工作人员，慨叹说，"这些年真不容易，我们好几次差点就被鼻子比狗还灵的新闻界发现了。上次竞选的时候反对党领袖甚至已经发现了蛛丝马迹，以此来要挟我们，还好他死于心脏病突发，否则我可能成为第一个被判刑的美国总统。"

总统换届对于"接触"计划是一个不小的麻烦——新任总统可能并不支持这个计划，或者在交接过程中不慎泄露出去。为此，曼斯菲尔德首先争取了连任。而在第二届任期将满的时候，又因为南美战争的爆发而仿效富兰克林·罗斯福之例，延长了一届任期，保证计划可以不受干扰地执行下去。

"但您最终获得了胜利，"罗伯逊恭维他说，"最好地捍卫了美国和全人类的利益。"

"不过俄国人和中国人差点赶在我们前头，后来印度也开始进行试验，连好几个小国也想分一杯羹……还好，总算都解决了。"

　　为了做到这一切，美国付出了巨大的代价。全球金融危机再度爆发，失业率居高不下，数万士兵死于战争，美国受到联合国的谴责，几个大城市遭到了恐怖分子的生化袭击，死者上万……这些事经常让罗伯逊教授感到不安，因为这些都是由于制造高维波收发机引起的，但他安慰自己说，对于即将到来的伟大事业来说，这些只是暂时的问题，很快一切代价会得到报偿。

　　"我们的命运将在接下来的几小时内决定，"总统感叹，"或者我们将获得无与伦比的超级技术，走上幸福的康庄大道；或者奇形怪状的外星怪物出现在我们面前，将地球夷为平地。"

　　"我相信绝不会是后者，"罗伯逊教授说，"我们肯定不会生活在一个邪恶肮脏的宇宙里。总统先生，请您亲自迎接宇宙时代的到来吧！"

　　曼斯菲尔德走上操作台，郑重地向"开始"按钮按去。

　　"住手！"一声暴喝后，一支枪管指向了罗伯逊教授，"总统先生，你不能按下这个按钮！"

　　是保护总统的一名探员，手中拿着一把黝黑的SIGP229手枪，对准了罗伯逊教授的脑袋。其他探员反应极快，立刻掏出配枪对着他。

　　"大卫，你干什么？"总统说，"快放下枪！"

　　罗伯逊教授在片刻的震惊后，认出了那张因兴奋而扭曲的脸，"你是那年陪同过我的……库珀探员？"

　　"总统先生，"大卫·库珀面对总统，咬着牙说，"对不起，但是我不能看到你亲手葬送地球。如果你按下按钮，我就会杀了这个疯子科学家，到时候就没有人知道怎么操作了。"

　　"冷静点，大卫，你忘记了你的职责吗？"

　　"当然没有忘记，"库珀说，"但是我对全人类的职责更加重大。"

　　"我为人类的利益而工作。"罗伯逊教授冷冷地说。

"不，你是要让那些外星人来占领我们，侵略我们！或者你早就被他们用高维波心灵控制了，或者你是一个蠢到家的书呆子！你真的相信那些外星人耗费天大的力气在银河系中心发射信号是为了白给我们好处？这么明显的陷阱你看不出来？"

"你是用人类的敌对思维去揣测比我们高级得多的文明，"罗伯逊说，"好像一只叼着老鼠的猫不愿让人靠近，以为人会和它夺食。"

"你这套废话我看得太多了，"库珀冷笑，"人类也许不需要和猫夺食，但是美国的动物收容所每年处死五百万只流浪猫，为了不让它们破坏人类的居住环境。也许在外星人看来，我们也是这样的麻烦。"

"别这样，大卫。"总统上前一步，站在了库珀和罗伯逊教授之前，"你的想法有一定道理。我本人对此也是有疑虑的，但很明显，如果我们不和外星人取得联系，其他国家也会抢在我们前面去做的，最后还是什么也改变不了。把枪给我吧，我可以担保你不受追究。"

"总统先生，别过来！你再过来我就开枪了！"库珀退了一步，歇斯底里地叫着。

"你不会的，大卫，"曼斯菲尔德自信地微笑着，"我知道你不是那种……"

"砰！"

一朵血花在总统胸口溅开，他带着错愕的表情倒在了血泊中。其他探员一拥而上，把库珀死死地按倒在地上。硝烟味在空气中弥漫着。

罗伯逊教授不敢相信地看着这一切，他知道曼斯菲尔德的死意味着什么，这件事再也没法保密了，很快会曝光在全世界面前。如果现在停止，恐怕以后再也没有机会去进行，至少不会由他来做。

他扑向了那个按钮，死死按下。

5

一连串的绿灯先后亮起，电脑屏幕上图形开始变换，数据一行行涌现，高能粒子开始在上百公里长的真空管中被电场加速，直到接近光速，然后轰然对撞，获得创世级别的能量密度。

"愣着干什么？我们是科学家，立刻去工作！"罗伯逊教授对着周围或怔怔地看着、或交头接耳的几十个专家和助手吼道。

看人们还没回过神来，他指着大屏幕说："即将发生的事情，比已经发生的重要一百倍！如果你们不想让曼斯菲尔德总统白白牺牲的话，那就做好自己的工作！"

在他的提示下，人群中的不安平息下来，恢复了科学家的冷静头脑，有条不紊地投入操作之中。

"罗伯逊教授……"总统挣扎着对他说，鲜血正在从他胸口汩汩流出，"美国，不，地球的命运……就交给你了……"

"放心吧，总统先生，"罗伯逊教授郑重地说，"我保证不会有问题的。"

总统被抬走了，库珀也被五花大绑地押走。罗伯逊教授对着加速器，焦急地等待着结果。

粒子对撞的高能反应后，探测器检测到了空间畸变，虫洞果然出现了。外星人没有骗我们，我们在宇宙的深层结构上钻了一个洞。他忽然紧

189

张起来，以往的自信荡然无存，如果这一切都是错的，怎么办？如果这个虫洞并非通向某个寰宇智慧网络，而是一颗恒星或黑洞内部，那么地球可能会彻底毁灭！天，如果那样的话，我就是最大的罪人。

但高维波已经溢出了虫洞，在接收器中变成了电磁波的形式，再由电脑破译其数据，转换成三维图像。气势磅礴的亿万星河出现在电脑屏幕上，但颜色极为古怪，有的红，有的紫，如同百花盛开，大概是因为对方所表达的不只是可见光，而可能是所有的能量输出。

无数星河旋转着，可以明显看到，在每个星系之间都有淡蓝色虚线的连接，罗伯逊知道那是高维波的连接，将整个宇宙的文明世界连成一体，那该是一个何等浩大的寰宇网络啊！

熟悉的银河系出现了，并迅速放大，在银河系内部也有大量蓝色虚线的连接，它们互相交错构成网络状。在太阳系的大致方位上有一个复杂的符号闪动着，看上去有点像楔形文字，并且是三维的。罗伯逊教授大致猜出了对方的意思：你来自这里，对不对？

图像长久持续着，楔形文字不住地闪动，仿佛在等待着什么回答。罗伯逊教授想了想，命令将太阳系的资料转换成高维波发送给对方，这是早就准备好的方案，很快完成了。他们发送了一张太阳和八大行星的示意图，其中地球上方标注了箭头，表明这里是智慧生命所在的地方。

回复几乎在瞬时出现了，屏幕上出现了太阳系的立体图。令人感到不可思议的是，图像基本依照天文的比例，太阳是一个极小的圆点，各大行星被广袤的空间分开，如同悬浮在黑暗中的微尘。而他们发送给对方的图案只是简单的示意图，只有大致大小，没有合比例距离。

图像由远而近，掠过各行星的轨道，各行星数据一一显现，与人类的知识所差无几。

"那一定是根据八大行星的大小推算的，"罗伯逊教授感叹说，"他们显然通晓提丢斯-波得法则，而且比我们懂的精深十倍，甚至推算出来原图上没有的小行星带和柯伊伯带的存在。"

图像聚焦在第三颗行星上，那是地球。地球上方出现了各种数据，包括组成地球的几种基本元素的比例。在场的地质专家告诉罗伯逊教授，和人类测定的数据误差大约只有2%左右。

"他们根据太阳光谱和地球的大小位置推测出了五十亿年前原始星云的成分和结构，"罗伯逊教授感叹着，"从而知道了不同位置上的元素比例，这个我们勉强也能做到，但是不可能那么精确。"

屏幕上的画面变了，出现了一堆复杂的分子图案，几十种不同的分子立体结构旋转着。罗伯逊教授并非专家，看不懂，但是在场的分子生物学家认出其中有几种是氨基酸和核酸的模型，另外几种可能是硅化合物，还有一些无法索解。罗伯逊教授明白过来，这是询问地球生命的基本构造。

"向虫洞发送二十种基本氨基酸和四种碱基对的分子图式。"罗伯逊命令说，很快完成了。

但是图案没有变动，似乎发送的内容不符合对方要求，无法获取进一步回复。

"看来他们要更多的信息？也许他们想知道我们长什么样子，那就发给他们人体图像。"

一男一女的裸体图像开始被发送，那是在"旅行者号"上就携带的图案。但仍然没有反应，图像继续转动着，不耐地等待着应答。

"他们究竟需要什么？"助手问。

"让我想想，"罗伯逊教授眉头紧锁，"氨基酸类型和人体外形……看来这些还不足以让他们完全了解我们。我想他们要知道的是，我们究竟是什么，发送完整的人类基因组吧！"

助手犹豫了一下："教授，这可能会暴露出人类的某些弱点，也许外星人想知道这个，然后对付我们。"

"你想得太多了，也许这只是寰宇网络中的实名注册方式，以便其他文明更好地了解你，就跟facebook上传照片一样。"

"可是万一我们猜错了呢？

罗伯逊教授迟疑了一下，然后说："即使他们心怀恶意，如果他们能够从这个虫洞钻出来的话，人类就是由中子星物质构成的，也无法抵御；如果不能的话，发送什么都不要紧。无论怎么样，对我们没有损失，执行吧。"

人类基因组包含三十亿个碱基对，远比之前的数据大好几个数量级，项目组事先也没有准备，不过在链接的数据库有储存。很快，海量的基因组数据源源不断地在发送器中变成高维波，发送到虫洞深处。

一个半小时后，发送完成了。

虫洞沉默了片刻，大约两秒钟后，源源不断的技术信息就从虫洞中涌了出来。

控制室内一片欢腾，罗伯逊教授和同事们激动相拥。

"全人类都会记得这一天，"他眼含热泪，默默地念道，"我们成功了，宇宙之门向我们开启了！"

6

一百七十七岁的罗伯逊教授站在繁花似锦的奥林匹斯山顶，望着天边的落日。一位漂亮的金发姑娘依偎在他身边。这是他的第五代孙女莎莉，比他小一百多岁，但看上去，两人都是十八岁的少男少女，毫无年龄差别。

如今太阳的赤道附近明显出现了一个深蓝的圆环，如同土星环一样奇幻瑰丽。那是一个戴森环，由上千亿个能量采集器组成，从太阳表面汲取无尽的能量，并通过无线传输，输送到整个太阳系的各个角落。

而这个环，是用了整颗水星和金星制造的。

太阳沉下去了，橙红色的西方天空上出现了第一颗星星。

"曾曾爷爷，那颗蓝色的星星是什么？"莎莉拉着罗伯逊的手，娇憨地问。

"那是地球，你祖先的地球……"罗伯逊教授出神地说，虽然已经进行过多次太空旅行，但每次从远方眺望地球，还是有着巨大的震撼。

又是一年火星的春季，奥林匹斯山上游人如织，许多人从各星球赶来，在太阳系最高的山峰上游赏美景。如今，火星以及木星和土星的几颗卫星都经过了环境改造，建立了人口繁多的殖民地，数十亿人生活在这些星球上。除了戴森环外，小行星带有规模巨大的采矿场，还有许多较小的太空站在海王星外轨道采集稀缺材料，供全太阳系的人类使用。地球解决了一切环境及资源问题，变得如花园般美丽。

全人类早已摆脱贫困与战乱，世界大同，国与国的界限不复存在，人们自由在各大行星间游历、学习、观光、恋爱……

"真美啊……"一个青年走到离他们不远的地方，赞叹着。

罗伯逊教授望向他，觉得有几分面熟，但又想不起是谁，不由多看了两眼。对方也看着他，犹疑地问："你是……威廉·罗伯逊教授？"

"你是……库珀探员？"罗伯逊教授一听他的声音，就想了起来，不由退了一步。

库珀愣了一下，然后带着歉意地说："不用担心，教授，我不会再伤害您了。事实上我一直想向您道歉。"

"你……怎么会在这里？"

"当年我犯下了大罪，"库珀沉痛地说，"杀害了曼斯菲尔德总统，被判处的刑期长达120年，去年才出来。现在我在太阳系各处旅行，熟悉新的生活。没想到在这里遇到您。"

"是这样……"罗伯逊教授说，"不用叫我教授，我早就不做科研了。这次是来火星探望家人的，对了，这是我的玄孙女莎莉。"

"教授，"库珀却仍然这么称呼，"我说过，我欠您一个道歉，真的很对不起。"

"算了，都过去了，"罗伯逊教授摆摆手说，"这是个意外，你当时也是为了你的理念。"

"可是我错了，这120年来，我一直在忏悔。"

"我想曼斯菲尔德总统的在天之灵会宽恕你的。"

"至少希望您能宽恕我，教授。我曾经怀疑过您的话，但是这一百多年来，特别是我出狱后看到的一切，都证明了您是正确的。您的工作带给人类无限幸福和繁荣的未来，您让人类永久生活在了天堂里。"

"不是我，是超级文明的资料带来的。"罗伯逊教授说，脸色变得有些奇怪。

"是的，我后来在报纸上都看到了，您的看法是正确的。外星人是友善的，在那些资料里有我们难以想象的超级技术，一个公式就可以解决一大堆技术问题。"

"但除了那些，什么也没有了。"罗伯逊教授说，望着天穹上初现的繁星，脸上出现了真正属于一个百岁老人深深的悲哀，"持续了27秒的交流，然后什么也没有了。"

他仿佛又回到了121年前的那个深夜，信息传递维持了27秒钟，然后陷入长久的沉寂，只有沙沙的背景噪音。欢呼的人们停下来，面上出现了困惑的表情。大概是虫洞坍缩了，当时他想。

但无论如何，这一天的发现已经是伟大的成就。他们兴奋了好多天，分析和验证接收的信息。等到想再次链接寰宇网络的时候，却发现再也无法生成新的虫洞了。

"我们得到了先进技术，"罗伯逊教授苦笑着摇头，"但只是其中最粗浅的一层，可控核聚变、行星际航行、戴森环、行星表面改造、基因优化、返老还童……这些算什么？最多相当于教一个茹毛饮血的野人学会用弓箭和篝火。"

"那些超级文明有着不可思议的力量，他们才是宇宙真正的主人。我们本来可以像他们那样，打开星门，纯能量化。也许能在一秒钟内出现在银河系的中央，也许能移动恒星就像弹玻璃球，也许能进行时间旅行，也许能创造新的宇宙……但这些什么都没有了，信号被屏蔽了，永远。"

美国后来又进行了多次试验，其他国家也建造了粒子加速器和信号收发机，但再也无法制造出虫洞，高维波的寰宇网络对人类关闭了。即使五十年后在冥王星上建造的超级加速器也是一样，整个太阳系内，或许更大范围内都无法接收到任何高维波信息。

"可我不明白，他们为什么要这么做？"库珀问，"为什么中断和我们的交流呢？"

"这个问题，我想了一百多年，"罗伯逊凝视着天边的地球说，"我想我猜到了答案。"

"那些超级文明，它们在瞬间就从我们的基因组信息中建立了人类的数字模型，从而知道了我们的一切，至少是一切本质性的东西。我们的生理结构、欲望和冲动，基本心理模式，也许还有很多文化形态的内容。"

"这怎么可能呢？很多都是后天形成的！"

"先天对后天的作用远比人们想象得要大，绝大多数伦理观念都源于先天遗传。再说，最微小的事物都蕴含着海量信息，只要你有相关知识就能够分析出结果。以他们对万物无与伦比的认识，毫无疑问可以从人的大脑结构中推出人类的基本政治经济制度、婚姻家庭关系，甚至宗教和军事形态。"

"然后呢？"

"很简单，"罗伯逊说，"他们知道了我们的一切，并判断我们没有资格加入寰宇文明网络，所以他们拒绝了我们加入的请求，屏蔽了高维波。"

"为什么没有资格？我们回应了他们！"库珀愤愤地问。

"一只猴子有时也可以回应人的召唤，这不代表猴子能够进入人类社会。"罗伯逊冷冷地说，"也许他们判断出，我们的智力水平永远无法具备进入寰宇文明网络的资格，也许他们厌恶我们人性中的种种疯狂和愚蠢。"

"可是……那他们为什么又和我们交流了片刻，提供给我们这么多先进技术呢？"

莎莉插口说："因为我们也提交给他们很多信息，这大概是一种报答吧，或许是一种平衡。"库珀不由点了点头，这个解释说得通。

"恐怕不是这么简单，"罗伯逊教授悲凉地摇头说，"库珀探员，我想我们都错了，外星人没有你想象得那么邪恶，但也没有我认为的那么善良。

"如果地球技术落后、发展不平衡的话，我们会遇到一个又一个的危机：金融危机、环境崩溃、大国战争……地球可能会完蛋，人类可能会飞向宇宙去寻找希望，去其他的星球，在大宇宙中散播开来，这些可能给他们带来一些麻烦。但现在他们提供给我们的是可以使用到太阳熄灭之后的技术，让我们永远在太阳系舒舒服服地生存下去，人类就没有动力去探索宇宙了，自然也就不会骚扰他们。"

"但人类现在仍然可以进行科学探索啊！你们不是知道了高维波的秘密吗？他们还提供给人类那么多知识！"

"他们提供的知识都是精心选择的，我们无法从中得到任何宇宙深层结构的知识。同时他们在我们所能到达的一切范围内破坏了微观维度的通道，任何进一步的探索都会遇到无可逾越的技术障碍。他们肯定屏蔽了整个太阳系，也许还包括周围的恒星，范围可能有几光年，要设法打开星门，唯一的方法是去别的星系，但我们的飞船最快也只有百分之十的光速，去最近的恒星来回也要八十年。而且即使我们获得这种技术，能够在外星系打开星门，对地球也没有意义，除非我们把整个地球都移到外星系去。我们没这样的技术，更没这样的决心。"

"但如果我们愿意，还是可以设法进行探索的。"

"人类已经不想了，他们对我们的判断完全准确。他们从一开始就预测到了提供那些先进技术的后果。我们得到了技术，就再也没有动力去发展星际航行。既然现在过得很好，又为什么要去寻找那些虚无缥缈的东西？很可能千辛万苦到了外星系，也一样被屏蔽，再说就算能再度接收到高维波，如果触怒那些神级文明，他们难道不会让我们化为齑粉？为什么要自讨苦吃？"

"这……也挺有道理的嘛。"库珀说。

"大家都这么觉得，不是吗？现在太阳系政府已经开始在地球深处建造超级电脑，准备进行意识上传了，他们说可以在虚拟现实中建立绝对理想的世界，嘿嘿，绝对理想！第一次接触也就是最后一次接触，宇宙的广阔天地和深邃奥秘，已经永永远远地对人类关闭了。"

库珀困惑地想了一会儿，然后耸了耸肩："管他呢，如果人类根本就不是这块料，只要全人类获得安定和幸福，也就够了。不管怎么说，我觉得你做了一件好事。"

"我也是这么认为的，"莎莉赞同说，"曾曾爷爷，我不清楚你们那个时代的想法，但从我们这一代人来看，人类的繁荣幸福才是最重要的，而不是虚无缥缈的探索宇宙。现在这样，也挺好的。"

罗伯逊教授怆然不语，转身面向火星夜空中初升的银河，他知道，三万光年外的银心某处仍然在以恒星功率向整个银河系内输出广播。在每个恒星系内都有这样的广播，召唤着适合加入寰宇网络的候选者。在整个宇宙的范围内，正在有许多文明接收着，而有更多的文明曾经听到过，并和地球一样建立了高维波接收装置，但最后被无情地淘汰。在从天而降的先进技术中丧失了进取意志，在自己的世界里自生自灭，再也没有对外探索的兴趣……

银河退向不可及的远方，宇宙浩渺而又冷漠。罗伯逊教授的嘴角泛起一丝苦笑，泪水湿润了他的眼眶，他听到自己喃喃说："是啊，也挺好的。"

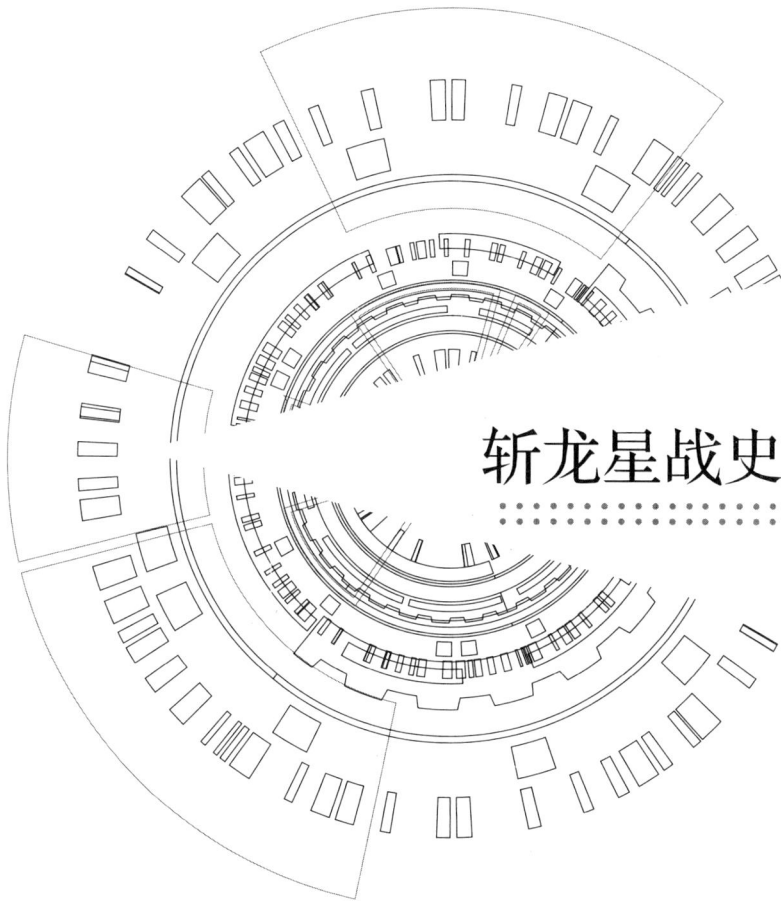

斩龙星战史

斩龙是一颗星际间的流浪行星。

在银河系中，有一些特殊的天体，它们和其他行星一样，诞生于原始恒星的行星盘，本该注定围绕着某颗恒星矢志不移地转动，直到恒星灭亡。可由于周围天体强烈扰动，使其获得了过大的加速度，以至于其轨道脱离原来的星系，获得完全的自由，在整个银河系中流浪。它们或者是行星，或者是小行星或彗星，即使是其中最大的，相对于最小的恒星，体积也微不足道。这些直径几公里到几万公里大小的天体在光年尺度的星际空间中如幽灵般存在，几乎不反射任何光线，也极少有引力效应，因此极其难以发现。

相对于浩瀚的银河系来说，这些流浪的小天体无论在各方面都是微不足道的，但是其中蕴含的各类矿藏资源多少也能够引起人们的兴趣。在各行星系都被占领了的时代，许多冒险家在茫无涯际的星际空间中耗尽一生寻找这样的天体，只要找到一颗，按法律规定，天体便会归他所有，一夜暴富不在话下，如果那颗天体上能有珍贵的稀有金属或晶体，甚至可以富可敌国。

大发现时代过去了，泛银河世界人口爆炸，资源也日益紧缺。在惨烈的第三次银河战争后，整个银河系的三千亿颗恒星被九百五十多个大大小小的星际政体瓜分。战后的银河理事会吸取战争带来的教训，按照繁复的星际法规则，对于整个银河系的星际空间进行了史无前例地细致划分，以免再度出现领土和主权争议。因此即使发现了这些流浪天体，也会按照星际法归属于它们所在星域的银河国家。

但斩龙星的情况却极为特殊。它最初被发现是在银河历5632年，亦即第三次银河战争后期。人马共和国的一支舰队在征战途中跃迁到一处星际空间，发现了这颗直径大约四千公里的流浪行星，并从远处记录了它的大小和运行速度。但战争期间，无暇顾及开发，舰队也从未登上过这颗行星。为了取个好彩头，它被命名为斩龙星。

斩龙星被发现的位置，在当时交战的人马共和国和天蝎王国的边境地区，但无疑是在人马共和国一侧，距离其最近的边境线有大约九光年的距离，因此斩龙星当为人马共和国所有。但当时正在战争之中，双方争夺的目标都是数百恒星组成的星团，进退动辄几百光年，对这颗流浪的小行星，人马共和国并未过多注意。在战后，人马共和国也只是根据舰队的数据对其进行了简单的登记，在最为详尽的三维地图上它也只是一个若有若无的小点，对于人马共和国这样横跨整条旋臂的银河大国来说，根本不算什么。

不久，第三次银河战争以和局结束，虽然人马共和国的军队已经打到了天蝎王国腹地，随时可以消灭这个数千年的宿敌，但为了顾及大的星际形势，双方还是草草签署了和约，让天蝎王国捡了个大便宜。战后两个国家忙于各自的事务，几经春秋，小小的斩龙星早已被遗忘了。

战后约两千年，银河历7517年，天蝎王国宣布，在其边境发现了一颗新的流浪行星，并命名为"风神星"，这一消息并未引起多大的震动。但第二年，天蝎王国派遣了一支勘探队，登上了风神星，在上面发现了若干疑似古文明的遗迹，怀疑在风神星上曾经有古老的文明存在，这一发现轰动了整个泛银河世界。

进一步发现确认，风神星运动的速度非常快，超过已知的任何流浪星体，而且显然是从人马共和国方向移动过来的。这一消息引起了人马共和国的注意，经过简单的计算，人马共和国的科学家发现，风神星很可能就是他们两千年前发现的斩龙星。在两千年中，它以极高的速度移动了大约九光年的距离，正好从人马共和国移动到了天蝎王国。7520年的一项边境调查证明了这一点。原来记录的斩龙星的位置和速度有很大误差，以至于在人马共和国政府根本没有意识到的时候，斩龙星就从人马共和国边境线内移动到了天蝎王国境内。

如果认定风神星就是斩龙星，按照星际法，斩龙星应该交还给人马共和国，对边境也应该按照星体运动的位置重新分割。但是天蝎王国在人马共和国的历史记录中找到了一些漏洞，声称无法严格证明风神星就是斩龙星，而且既然人马共和国国民从未登上过斩龙星，也无由拥有斩龙星的主权。按照无主地占领的原则，这颗行星仍然归天蝎王国所有。

这一声明引起了人马共和国的巨大愤怒，双方上次大战的旧日恩怨又被抬上桌面。三战后的星际关系体系出现了一道裂痕，在人马共和国的强大压力下，天蝎王国不得不稍稍让步，暂停对斩龙星的勘探。但当人马共和国派出自己的考察船前往斩龙星时，却发现天蝎王国已经派遣了一支舰队，守在斩龙星附近，禁止人马共和国靠近。考察船强行突破了天蝎王国的封锁，登上了斩龙星，但还没有开展考察，就被天蝎王国的军队抓捕，经过外交努力才得以释放。

事情就这样僵持下去，直到7530年，天蝎王国再度偷偷派出一支考察队，深入斩龙星进行科学考察。科考的结果属于机密，外界不得而知，但很快有谣言说发现极为惊人：斩龙星的岩石外壳下，有着巨大的神秘金属结构，在其内部，很可能有着宝贵的上古文明技术资料，这些技术很可能使得天蝎王国一跃成为银河文明之冠。谣言传遍了泛银河世界，得知消息的人马共和国再度强烈重申对斩龙星的主权，并派出了浩大的舰队，宣称要维护自己的领土。

双方舰队你来我往，在斩龙星周围对峙了十余年。人马共和国发现，事情越拖下去，越对自己不利，毕竟斩龙星按其运动方向在不断地向天蝎王国内部移动，一旦离开边境地区，进入天蝎王国腹地。无论战术上还是舆论上人马共和国都将处于不利的位置。但人马共和国已经享有了两千年的和平，是否应该为了一颗不确定是否有珍贵资源的流浪行星开战，共和国高层仍然犹疑不决。

决定性的转折发生在7542年。这年，人马共和国发生政变，原政府倒台，新政府为了获得民众支持，借着天蝎王国在斩龙星的挑衅行动，发动了第一次斩龙战役。人马共和国的千艘战船跃迁而来，迅速驱逐了天蝎王国的舰队，登上斩龙星，开始科考，结果一无所获。之前的传言不实，斩龙星表面并没有什么古文明的痕迹，底下的金属层似乎也只是普通的地质构造而已。但无论如何，击败天蝎王国的胜利已经足以令人马共和国上下欣喜不已，也巩固了新政府的地位。

在短暂的外交抗议后，天蝎王国陷入了沉默，似乎已经认栽，放弃了这颗不足为道的小行星。人马共和国放下心来，对于斩龙星的看守也逐渐松懈。半年后，天蝎王国发动奇袭反击，三支精锐舰队通过超空间跃迁瞬间出现在斩龙星周围，对行星轨道上人马共和国的少量驻守军队形成了压倒性的优势。天蝎王国并不希望扩大战局，只想以武力威胁逼迫人马军撤走。但在突袭的混乱中，一枚威力巨大的反物质弹在人马军的旗舰位置爆炸，导致人马共和国守军全军覆没，二十五万条生命在斩龙星上空陨落。

后来证明，这是人马共和国自己忙乱中的技术故障造成的爆炸，但这一点已经没有意义了。被复仇的怒火点燃的人马共和国开始发动全面战争，在一千五百光年的边境线上，人马共和国的军队开始了战略进攻。上百个行星系在一夜之间被人马共和国的军队占领，几十颗住人行星被威力巨大的反物质弹或量子炸弹击中，二十亿人在这一波攻势中死去。

天蝎王国扛住了第一波进攻后开始发动反击，战争初期一度占据优势，在人马共和国边境造成了更惨重的伤亡。但天蝎王国的战争潜力却无法与人马共和国这样幅员辽阔的大国比肩，几年后就吃不住而被迫转入战略防守。

到了7547年，战争形势逆转，天蝎王国连连溃退，三分之一的星系先后失守。国王派出特使，向人马共和国紧急求和，表示愿意让出斩龙星。但战争到了如今这一步，被摧毁的行星已经有好几百颗，斩龙星本身早已不再重要，人马共和国要求天蝎王国割让三分之一的领土，并将另外三分之一作为缓冲区。天蝎王国拒绝了这一明显过分的要求。半年后，天蝎王国首都日王星被人马共和国的军队占领并摧毁，三千万居民遭到屠杀，国王的头颅被征服军砍下后悬在皇宫中央广场的磁悬浮力场上示众。

7548年，人马共和国正式吞并了天蝎王国。但过分的扩张引起了邻近的两个超级大国——万星同盟和星河联邦——的不安，他们要求银心理事会通过了一项决议，对人马共和国进行封锁。从此，人马共和国陷入了长久的衰落。其内部的几个星域也萌生了脱离共和国的念头。7574年发生了古尔自治邦的叛乱，共和国将大批舰队调回本国镇压叛乱，第二年叛乱平定。但7577年，在万星同盟的帮助下，原天蝎王国的边疆省份宣布复国。整个星域又再度陷入无休战乱。

此后十年中，天蝎王国的复国势力在万星同盟的扶植下夺回了全部疆土，并转而反攻入人马共和国境内。到了7588年，人马共和国已经是强弩之末，无力抵抗天蝎王国和万星同盟的联军，只有向星河联邦求援，星河联邦不希望看到万星同盟过于壮大，亦出兵保护人马共和国，银河系内两大强权的战争一触即发，最后在银河理事会的调停下划定了势力范围。

在此后的九个世纪里，人马共和国和天蝎王国在持续的代理人战争中分崩离析，人马共和国的大部分融入星河联邦，另一部分则和原天蝎王国一起归属于万星同盟。在数百年的同化之后，被征服的人们早已忘记了人马共和国和天蝎王国，而自视为星河联邦或万星同盟的国民。

在八千纪中叶，由于各星系的进一步开发导致资源枯竭，有两万光年边界的星河联邦与万星同盟之间也产生了越来越大的摩擦。8463年，仍处于二者边境地带的斩龙星成为争执的焦点。这一年，万星同盟打算在其与星河联邦之间开发一条新的航线，经过勘测，最佳路线正好经过斩龙星一带，这颗被遗忘了一千年的流浪行星再度进入世界的视野。为航行便利和救险，万星同盟决定在斩龙星上设立一个交通中转站。消息传出，立刻引起了星河联邦的不满。

星河联邦从旧人马共和国的依据出发，声明自己继承了对斩龙星的主权，认为万星同盟无权在斩龙星设置任何设施。针对这种挑衅行为，星河联邦派遣了一支舰队"守护"斩龙星，却与万星同盟的另一支舰队相遇。经过长期毫无结果的谈判，8487年，因为偶然的擦枪走火，第二次斩龙战役开始，并很快转为银河系两大强权之间的全面大战，即第四次银河大战。

这场势均力敌的战争断断续续持续了一千五百年，直到最后人们早就忘记了战争是因何而起。在反复拉锯中，星河联邦和万星同盟都精疲力竭，经过几次和谈的间隙——有的长达几个世纪——又再度开战。中间双方的政体都几经更迭，但彼此的敌意却有增无减。直到最后，银河历9964年，不可一世的万星同盟彻底被复兴的星河联邦毁灭，万星同盟的首府，一颗银河系中首屈一指的红巨星被引爆，周围十七颗住人的行星和卫星在瞬间被摧毁，九百亿人因此而死去，万星同盟就此不复存在。

七年后，正当星河联邦还在消化万星同盟的遗产时，原万星同盟的地下抵抗组织发动了最后的复仇，进行了一场恐怖袭击。星河联邦的首府，一个三十颗恒星组成的星团中央，出现了一个巨大的人造黑洞。数十颗行星和人造星体无声无息地被吸了进去，其中包括星河联邦的首都天城星。在天城星消失之后出现了无法填补的权力真空，星河联邦各加盟国纷纷独立，攻城略地，各大势力间开始进行旷日持久的内战……

10972年，当银河局势最终平定下来之后，原来的许多国家已经不复存在。巧合的是，不断移动的斩龙星再度位于两个新的庞大政体之间，一个是在原来星河联邦和万星同盟基础上形成的外银河帝国，另一个是银河诸政权组成的内银河邦联。双方在边疆问题上依旧互不相让。

但这一次，帝国与邦联之间鉴于历史上的惨痛教训，不愿意再用武力解决问题，决定瓜分斩龙星以彻底解决争议。斩龙星将被从中间分为两半，一半按原方向进入内银河邦联，另一半则用空间曲率引擎送往外银河帝国境内。

10994年，在双方代表团和其他各国外交使节的公证下，分割开始了。巨大的空间力场刃切入斩龙星内部，令上千公里深的岩石结构粉碎，整个行星表面出现了长长的裂痕。斩龙星早已没有了地质活动，岩石层下面就是金属的核心，上百万个微小的智能推进器被灌进裂痕中，它们可以吞噬岩石碎块，再复制出新的推进器，将斩龙星在切开后迅速向两边推开。

这一过程进行了许多银河标准时，因为谁也不愿意吃亏，所以切割需要尽可能精细，将误差降到最低。但某一时刻，切割忽然停止了，电脑提示由于某种原因，斩龙星下方有力场刃无法作用的坚硬物质，并发生了极为强烈的能量反应。片刻后，斩龙星爆炸了。像一颗恒星一样从中间炸开，放射出无与伦比的能量辐射，周围数千万公里内的舰船都被爆炸的高温和烈焰吞噬，所有的在场者都尸骨无存，包括在场观礼的外银河帝国皇太子夫妇和内银河邦联副总统。

斩龙星的爆炸一直是一个谜团，一颗死寂的行星爆炸，这完全违背任何已知的物理学法则。10997年，一个联合调查团来到原斩龙星所在的位置，但是一无所获。整个斩龙星一定已经和周围的一切一起彻底毁灭了，找不到任何有用的线索。人们只知道这次爆炸的能量相当于一颗超新星爆发，极为惊人。外银河帝国和内银河邦联都怀疑是彼此的阴谋或者某种新式武器实验，而皇太子夫妇和副总统都死于此役，尤其引起各种阴谋论者的假想。两大强权彼此间猜忌日深，争吵不已，新一轮银河战争在酝酿之中……

而与此同时，在银河系的最中央，在亿万星辰的中心，是一片巨大的黑洞，其中除了黑暗一无所有。在黑洞中时间和空间都被扭曲成不可思议的形态，以至于没有任何东西能够在其中生存。内银河邦联最近的殖民带距离它也有上千光年的距离。

但一个直径不到七百公里的金属球体正紧贴着黑洞表面以光速转动着，并以银河人无法感受到的某种波形，向整个宇宙范围内发出强烈的超波讯息：

"我已经来到这个无主的星系内部，按照宇宙法，该星系已经是C90超星系团联合体的领土。"

金属球，或者还是叫它斩龙吧，拥有比人类高级得多的智能，它知道，自己在到达这个星系之后，因为跨星系蛙跳发生错误而沉睡了一亿八千万年，占领无主星系的行动也比预期的晚了一亿八千万年。联合体多半已经遗忘了它，甚至遗忘了这个星系，所以并没有派出第二个占领者。当它苏醒后，第一时间跳跃到了银河之心，并进行了广播，但很可能可恶的D65超星系团已经捷足先登。斩龙已经发现了若干迹象。

但那又怎么样呢？斩龙知道，联合体不可能承认D65的主权要求。这个星系必须属于C90超星系团，这是两大集团的地缘政治决定的。无论是外交斡旋还是军事摩擦，一场即将到来的冲突将不可避免，而联合体不会退让。这可能会让这个星系化为齑粉，但是谁在乎呢？

"无论如何，联合体的领土不可以损失……"斩龙一边漫不经心地想着，一边按照预定的程序，开始将这个狭小暗淡的星系变为类星体，而它将照亮在两千万光年外的母星系的天空上，这是联合体主权的象征。

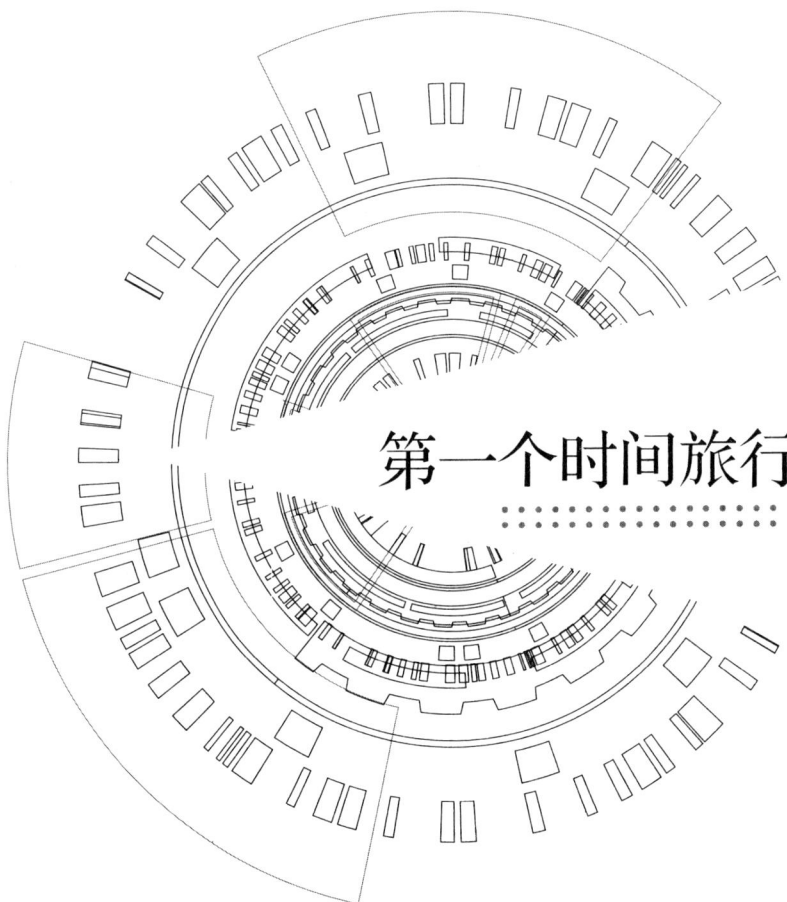

第一个时间旅行者

"……预备阶段完成，一分钟后进入时空融合。"随着柔美的合成语音，一盏红灯亮了起来。他的心开始狂跳不已，他知道，这意味着时间机进入不可逆转的临界状态。从这一刻起，整个过程不可能停下了。

"六十、五十九、五十八……"倒计时开始了。

要开始了！真的要开始了！他浑身止不住地颤抖起来。长期准备之后，他本以为自己可以平静地面对这一刻，但是他错了。

这是他亲自参与研究、开发的时间机器，十多年的青春岁月奉献给了这旷世绝伦的事业。终于，第一台试验机研发出来了。而他也主动请缨，经过严格遴选后，成为第一个人类试验者。

他将是人类历史上第一个时间旅行者，注定将因此被载入史册。

"四十五、四十四……"

此刻，他像宇航员一样穿戴着笨重的衣服，站在一个三米见方的乳白色房间中间，周围除了几盏内嵌在墙壁上的指示灯外，看不到任何仪器。因为这个"房间"本身在一部巨大机器的内部，是机器的发射舱。而整部机器高达四十多米，像核反应堆一样庞大。这就是千百名专家和技术骨干奋战十多年的成果：时间回溯机。

他感到自己越来越紧张，忽然一阵强烈的后悔，有一股想要逃出这里、回到外面世界的冲动。但他知道，这是不可能的。目前这个房间已经完全封闭了，就是用原子弹炸也炸不开。因为很快将会有相当于几百万吨TNT的能量注入进来。

时间回溯机的基本原理是通过巨大的能量进行时空扭曲，将这个"房间"内部的时空抛回过去，不同时空域进行融合。在这一过程中，过去时空域的物质会被来自未来的形态取代，从而在不违反物质守恒定律的情况下，实现时间旅行。

"三十一、三十……"

他觉得自己像是一只小白鼠。在他之前，当然已经用老鼠、兔子和猴子做过实验，实验后它们都消失了，再也没有出现过。既然他们以前从未观察到有老鼠或兔子神秘冒出来或消失，那么它们应该是回到过去，创造了另一条时空线。但科学家在这个时空中是观察不到的。

当然，也可能是出了什么差错，从此灰飞烟灭，或者掉进时空缝隙里去了。

无论如何，他马上就会搞明白的。

"十五、十四……"

从理论上来说，机器能够抛回的时空坐标和输入的能量呈正相关。能量越大，则抛回的时间越久远。但这台试验机不可能输入太多能量，最多只能返回到几个月之前，也许只是几天之前。他还是他自己，生活不会有太大的改变。

但这已经够了，虽然这个时空的人们无法知道试验是否成功，但当他回到过去后，会在另一条时空支线上告诉其他人。一旦时空融合完成，过去的他会立刻消失，被来自未来的他取代。但为了证明自己的身份，他随身携带了一部微型电脑，里面存储了许多进入时空机前刚刚得到的信息，如几分钟前检测到的宇宙伽马射线数据、纽约股市的最新走向、若干刚结束的体育比赛的分值等等。这些一般来说是不会随着他的穿梭而改变的，足以向过去的人们证实他确实来自未来。

"十、九、八……"

红灯进入闪烁状态，标志着时空融合马上就要开始。他只觉得浑身冒汗，从来没有觉得时间的流逝如此之慢，又如此之快。

当然，也可能上面的推测都是错的，理论毕竟是理论。也许他睁开眼睛，会发现自己在唐朝的宫廷里、三国的战场上，甚至出现在一条霸王龙面前，谁知道呢？什么都可能发生。他已经穿上类似宇航服的防身服，戴上了氧气面罩，还背着必要的武器、药品和压缩食品等，以期最大限度地增加自己在异时空存活的概率。

在他内心深处，甚至有一点希望发生这样的意外，被传送到某个远古的神秘时代去，经历各种各样的冒险，过一种全新的生活……就像那些小说里写得那样。他想起了小时候读《寻秦记》时的向往……

"七、六、五……"

如果机器出了故障怎么办？他还是忍不住担心。但他知道，时空融合时将有相当于上百颗广岛原子弹的能量在瞬间注入这个舱室中。万一真的失败了，他也会在一刹那化为乌有，死得一点痛苦也没有。

当然，一般是不会发生这种事情的。几种动物实验都成功了。在进行人体实验前，兹事体大，工作人员更是细致入微地检查了每一个环节，保证万无一失。没有理由在这个时候出差错。

当然，据推断，在时空穿越的瞬间，由于人的生理结构的脆弱，即使在正常情况下也免不了会有电击一样的强烈疼痛，但只是一瞬间，很快就会过去，不用太担心。

"四、三、二……"

就要开始了！他有一种晕眩感，觉得自己像上太空前的加加林，他想象同事和朋友们都在看着他，祝福他，他微笑着向他们挥手……但这是错觉，为了保证时空融合条件的纯粹不受干扰，他一进入这里就和外界绝对隔离了。其他人不知道房间里发生了什么，他也无法知道其他人在干什么。

但不要紧，也许他很快就能再见到他们——几天、几个月或几年以前的他们。他会告诉他们，他是从未来穿越回来的。想到他们惊愕而艳羡的眼神，他们簇拥着他，欢呼着……他甚至有些迫不及待了。

他终于放下了一切心理压力，充满自信地面对即将到来的神秘命运。

"一。启动！"

红灯熄灭了，绿灯亮起，一片柔和的绿光带着撕心裂肺的痛苦将他淹没。

然后，当绿光消失，疼痛消退。

"……预备阶段完成，一分钟后进入时空融合。"随着柔美的合成语音，一盏红灯亮了起来。

科幻文学群星榜

序号	作者	书名
1	郑文光	侏罗纪
2	萧建亨	梦
3	刘兴诗	美洲来的哥伦布
4	童恩正	在时间的铅幕后面
5	张静	K星寻父探险记
6	程嘉梓	古星图之谜
7	金涛	月光岛
8	王晋康	生死平衡
9	刘慈欣	纤维
10	潘家铮	子虚峡大坝兴亡记
11	韩松	青春的跌宕
12	星河	白令桥横
13	凌晨	猫
14	何夕	异域
15	杨鹏	校园三剑客
16	杨平	神经冒险
17	刘维佳	使命：拯救人类
18	潘海天	饿塔
19	拉拉	永不消逝的电波
20	赵海虹	月涌大江流
21	江波	自由战士
22	宝树	人人都爱查尔斯
23	罗隆翔	朕是猫
24	陈楸帆	动物观察者
25	张冉	灰城
26	梁清散	欢迎光临烤肉星
27	七月	撬动世界的人于此长眠
28	杨晚晴	天上的风
29	飞氘	讲故事的机器人
30	程婧波	第七种可能
31	万象峰年	点亮时间的人
32	长铗	674号公路
33	迟卉	蛹唱
34	顾适	为了生命的诗与远方
35	陈茜	量产超人
36	刘洋	单孔衍射
37	双翅目	智能的面具
38	石黑曜	仿生屋
39	阿缺	收割童年
40	王诺诺	故乡明
41	孙望路	重燃
42	滕野	回归原点